Deseo

LOS DESEOS DE CHANCE

SARAH M. ANDERSON

D1311058

HARLEQUIN™

Capítulo Uno

–¡Dios mío! –susurró Gabriella del Toro.

Se acababa de cortar con el abrelatas. ¿Qué más le podía salir mal?

Su guardaespaldas, Joaquín, que estaba sentado a la mesa del desayuno, levantó la vista.

–Estoy bien –aseguró ella–. Es solo un corte.

Se miró la herida. No había pensado que preparar el desayuno de su hermano Alejandro pudiese ser tan complicado, pero en aquellos momentos todo era difícil. En Las Cruces, la finca que la familia Del Toro tenía al oeste de Ciudad de México, nunca había preparado nada más que té o café. La cocinera se había encargado siempre de las comidas y nadie había pensado en enseñarla a cocinar, salvo en una ocasión su tía, que había intentado enseñarle a hacer tortillas.

Pero la última vez que su padre los había llevado a ver a la hermana de su madre ella tenía siete años; habían pasado veinte.

Se limpió el corte bajo el chorro de agua del fregadero y se envolvió el dedo en una toalla mientras pensaba que era la hija de Rodrigo del Toro, uno de los hombres de negocios más poderosos de México. Además, era una de las diseñadoras de joyas más aclamadas de Ciudad de México. Transformaba trozos de metal y piedras preciosas en bonitas en joyas de inspiración maya.

Pero en aquel instante era el estereotipo de la típica heredera. Oyó levantarse a Joaquín y seguirla fuera de la cocina guardando las distancias. No había podido separarse de aquel hombre silencioso y corpulento desde que su padre lo había contratado para protegerla cuando Gabriella tenía trece años. Ahora tenía veintisiete, Joaquín Baptiste debía de rondar los cuarenta, y parecía estar más preocupado por su felicidad que su propio padre, e incluso que su hermano. Jamás había permitido que nadie le hiciese daño. El único problema era que salir con chicos teniéndolo tan cerca era complicado.

Gabriella fue al cuarto de baño a buscar una caja de tiritas mientras se lamentaba en silencio de su torpeza. Se había cortado la yema del dedo índice y eso iba a impedir que pudiese trabajar el alambre que utilizaba para sus joyas.

No obstante, allí no tenía el material necesario para trabajar, no había podido llevarse todas sus herramientas y, además, había pensado que solo se quedarían en los Estados Unidos el tiempo necesario para recoger a Alejandro.

Su pobre hermano. Y su pobre padre. La familia Del Toro siempre había vivido con el miedo a los secuestros, pero todos habían pensado que Alejandro estaría seguro en Texas. En Esta-

4

dos Unidos, los secuestros no eran tan habituales como en México, dijo Alejandro cuando Rodrigo maquinó aquel plan para enviarlo a Estados Unidos a «investigar» la empresa energética que quería adquirir. Alejandro se había negado a que lo acompañase Carlos, su guardaespaldas, y había convencido a su padre de que le permitiese hacer las cosas al modo estadounidense.

Lo que Gabriella seguía sin poder creer era que su padre hubiese accedido a que Alejando viviese solo, como habría hecho un estadounidense. Alejandro había adoptado la identidad de Alex Santiago y había viajado solo para instalarse en Texas hacía mas de dos años.

Y Gabriella había sentido celos de él. También quería ser libre, pero su padre no se lo había permitido. Así que había tenido que quedarse en Las Cruces, bajo la atenta mirada de su padre… y de Joaquín.

Había sentido celos hasta que habían secuestrado a Alejandro. Los secuestradores no habían exigido un rescate desorbitado, como era habitual, sino que no habían dado señales de vida. No habían sabido nada de ellos, ni de Alejandro, hasta que este apareció en la parte trasera de un camión con un grupo de inmigrantes ilegales.

Los secuestradores no habían tratado bien a su hermano. A pesar de que se estaba recuperando de las heridas, había perdido la memoria, lo que significaba que no podía dar ninguna información sobre su desaparición a la policía. El caso estaba en punto muerto. Personalmente, Gabriella tenía la sensación de que, dado que su hermano había aparecido, la policía ya no estaba dedicando tantos esfuerzos a encontrar a los secuestradores. No obstante, le habían pedido a Alejandro que se quedase en el país. Y su hermano tampoco parecía querer marcharse de allí. Se pasaba el día en su habitación, descansando o viendo partidos de fútbol.

De hecho, lo único que parecía recordar era aquello, su amor por el fútbol. No se acordaba de ella ni de su padre. Y solo habían conseguido hacerlo reaccionar cuando su padre había anunciado que iban a volver los tres a Las Cruces. Alejandro había saltado inmediatamente, negándose a moverse de allí. Después, se había encerrado en su habitación.

Así que Rodrigo había decidido que se instalasen en las habitaciones que hasta entonces había ocupado Mia Hughes, el ama de llaves de Alejandro. Su padre seguía dirigiendo su empresa, Del Toro Energy, al tiempo que utilizaba sus múltiples recursos para intentar identificar a los culpables del secuestro de Alejandro. Rodrigo no iba a permitir que quedasen impunes. Y Gabriella tenía la esperanza de que, cuando los encontrase, no haría nada que pudiese terminar con su padre en una cárcel de Estados Unidos.

En cualquier caso, no sabía cuánto tiempo

iban a tener que quedarse los tres en aquella casa.

Joaquín la estaba esperando fuera del baño mientras se curaba la herida, y no se separaría nunca de ella, sobre todo, después de que hubiesen secuestrado a su hermano.

Gabriella pensó que estaba en Estados Unidos, y eso ya era algo. Aunque solo había visto el pequeño aeropuerto privado en el que habían aterrizado, el hospital y la casa de su hermano.

Estaba deseando poder hacer algo más que esperar y, aunque jamás habría imaginado que pensaría aquello, echaba de menos Las Cruces. A pesar de no tener permitido salir de la finca, allí tenía más libertad de movimientos que en Royal. En Las Cruces podía charlar con las empleadas, trabajar en sus joyas e incluso montar a Ixchel, su caballo azteca, acompañada de Joaquín.

Desde que estaba en Texas lo único que había roto la monotonía habían sido las breves visitas de María, la señora de la limpieza de Alejandro; Nathan Battle, el sheriff local; y Bailey Collins, la investigadora que llevaba el caso de su hermano.

Sinceramente, Gabriella no sabía cuánto tiempo más iba a soportar aquello.

Se tapó el corte y oyó que llamaban a la puerta.

Tal vez fuese María. A Gabriella le gustaba charlar con ella. Era todo un alivio poder tener una conversación normal con otra mujer, aunque hablasen solo de nimiedades.

Salió del cuarto de baño con Joaquín pegado a los talones y el timbre volvió a sonar.

Gabriella pensó que no podía ser María, no era tan impaciente. Lo que significaba que debían de ser el sheriff o la investigadora, y que su padre se pasaría la tarde quejándose de las injusticias de los Estados Unidos.

Resignada, Gabriella se detuvo delante de la puerta e intentó calmar su respiración antes de abrir. Por el momento era la señora de la casa y lo mejor era dar una imagen positiva de la familia Del Toro. Se miró en el pequeño espejo que había en la entrada y sonrió. Ya había hecho de anfitriona durante las cenas de negocios que organizaba su padre y se sabía bien el papel.

La persona que había al otro lado de la puerta no era ni el sheriff Battle ni la agente Collins, sino un vaquero, un hombre alto, de hombros anchos, vestido con una chaqueta vieja, camisa gris oscura, pantalones y botas vaqueros. Nada más verla, se quitó el sombrero y se lo pegó al pecho.

Y Gabriella se dio cuenta de que tenía los ojos más verdes que había visto en toda su vida.

–Buenos días, señora –la saludó el hombre con voz ronca, sonriendo de medio lado, casi como si se alegrase de verla–. Me gustaría hablar con Alex, si es que quiere recibirme.

Ella se dio cuenta, demasiado tarde, de que lo estaba mirando fijamente. Tal vez fuese porque últimamente no había visto a nadie nuevo.

Pero la manera de mirarla de aquel vaquero hizo que se quedase de piedra.

Él amplió la sonrisa y le tendió la mano.

—Soy Chance McDaniel, me parece que no he tenido el placer de conocerla, señorita...

Aquello fue como un jarro de agua fría. ¿Chance McDaniel? Gabriella sabía poco de él, pero, según el sheriff Battle y la agente Collins, Chance había sido muy amigo de Alejandro y también era uno de los sospechosos de su desaparición.

¿Qué estaba haciendo allí? Y, sobre todo, ¿qué iba a hacer ella al respecto?

A sus espaldas, Joaquín se metió la mano debajo de la chaqueta y ella lo miró para indicarle que no hiciese nada y después sonrió al recién llegado.

—Hola, señor McDaniel. ¿Quiere pasar? —preguntó, sin darle la mano.

Él se quedó inmóvil un instante, después bajó la mano y entró en la casa.

Chance vio a Joaquín y lo saludó:

—Buenas, señor.

Ella sonrió, su voz profunda le ponía la piel de gallina.

Joaquín no respondió. Se quedó inmóvil como una estatua, sin apartar la mirada del recién llegado.

Era evidente que Chance McDaniel conocía bien la casa, porque fue derecho al salón, hasta que se dio cuenta de lo que estaba haciendo y se detuvo para girarse y mirarla.

–Lo siento, pero no me he quedado con su nombre... –le dijo, recorriéndola con la mirada.

Gabriella vestía una camisa blanca, pantalones negros ajustados y un jersey color coral que contrastaba a la perfección con el collar turquesa que llevaba al cuello y los pendientes a juego. Él parecía estar preguntándose si era la nueva ama de llaves, y ella pensó que no todas las mujeres hispanas que iban a Estados Unidos trabajaban en el servicio doméstico.

Si aquel hombre no hubiese sido sospechoso de la desaparición de su hermano, se habría presentado inmediatamente, pero, dada la situación, prefirió hacerlo esperar.

–¿Quiere un té? –le preguntó en tono amable.

En vez de parecer molesto, puso la misma sonrisa que debía de emplear para conseguir que las mujeres cayesen rendidas a sus pies.

–Con mucho gusto, señora.

Gabriella le hizo un gesto para que entrase en el salón y luego se fue a la cocina. Solo tardó un par de minutos en preparar una bandeja con las tazas y unas galletas. Mientras tanto, se mantuvo atenta, pero no oyó ningún ruido, al parecer su padre no había oído el timbre, tal vez fuese mejor así.

Porque si el señor McDaniel tenía algo que ver con la desaparición de Alejandro, quizás ella pudiese sonsacarle algo. Mientras que si su padre llegaba haciendo acusaciones, no sabía cómo podía terminar la escena.

Tenía la certeza de que su padre se pondría furioso cuando se enterase de que McDaniel había estado allí y ella no lo había avisado, pero Gabriella sabía que era una buena conversadora y que era atractiva, así que pensó que podía ocuparse sola del visitante. Además, Joaquín estaría con ella, así que no corría ningún peligro.

Chance McDaniel estaba sentado enfrente de Joaquín, ambos en silencio, pero se puso en pie nada más ver que volvía Gabriella.

—Gracias por el té —le dijo.

Ella dejó la bandeja encima de la mesa, pero ninguno de los dos tomó su taza. En su lugar, Gabriella lo miro fijamente y no pudo evitar preguntarse qué clase de hombre sería.

Se sentó enfrente de él y Joaquín se colocó a sus espaldas.

Chance, por su parte, volvió a sentarse sin dejar de mirarla a la cara.

Gabriella fue consciente de que su presencia la ponía nerviosa. Chance había dejado el sombrero en un extremo de la mesa. Tenía el pelo corto y rubio, ondulado, e iba muy bien afeitado.

Lo vio moverse incómodo en su sillón y Gabriella pensó que era el momento de empezar a hablar, no fuese que su padre irrumpiese en la habitación decidido a vengar a su hijo.

—Es un placer conocerlo, señor McDaniel. Alejandro me ha hablado de usted.

Chance se ruborizó y a ella le pareció que se ponía todavía más atractivo.

–Soy Gabriella del Toro –añadió–. La hermana de Alejandro.

–No sabía que Alex tuviese una hermana –admitió él después de unos segundos de silencio–,
aunque supongo que hay muchas cosas que no
sé de él. Tampoco sabía que su nombre era Alejandro.

Luego miró a Joaquín.

–¿Usted también es su hermano? –le preguntó.

Gabriella se echó a reír.

–¿Joaquín? No, él es mi guardaespaldas.
Como comprenderá, señor McDaniel, la familia
Del Toro debe tomar todas las precauciones po-
sibles.

Él asintió.

–¿Qué tal está Alex? –añadió, pasándose una
mano por el pelo–. Tenía la esperanza de poder
hablar con él, si es que quiere verme.

–Alejandro todavía se está recuperando.

Luego se giró hacia Joaquín y le preguntó en
francés:

–*Devrions–nous dire à papa première ou Alejandro qu'il est ici?*

Había decidido hablar francés para preguntarle a Joaquín si debían avisar primero a su padre o a Alejandro de la visita porque imaginaba
que el ranchero no hablaría esa lengua, pero la
sorprendió al responder con un acento horri-
ble:

–*Je peux dit moi.*

Gabriella creyó entender que proponía avisar él personalmente de su llegada.

Volvió a sonreír.

–Habla francés.

Chance volvió a ruborizarse.

–No tan bien como usted, pero sí, estudié francés en el instituto. No obstante, hablo español mucho mejor.

Gabriella se sintió impresionada. Un texano que hablaba español, un poco de francés y que, además, tenía sentido del humor y era educado.

Entendió que su hermano fuese amigo suyo. A Alejandro le gustaban las personas amables y de trato fácil. Y a ella también.

Se preguntó qué clase de vaquero era Chance McDaniel. ¿Sabría montar a caballo? Le miró las manos. Estaban limpias, pero parecían ásperas. Era un hombre al que no le daba miedo el trabajo duro.

Gabriella se estremeció. Pensó que Chance McDaniel no se daría cuenta, pero vio que su mirada cambiaba, se volvía más profunda.

Y en ese instante supo que sí que era una amenaza. Aunque más para ella que para su hermano. Porque no había esperado que aquel hombre la mirase así.

Capítulo Dos

Así que Alex tenía una hermana. Otra mentira más.

Chance quería estar furioso con el que había sido su amigo, pero no lo consiguió. En su lugar, se perdió en aquellos ojos de color chocolate.

Gabriella del Toro. Deseó decir su nombre en voz alta, pero no lo hizo. El tipo que había de pie detrás de ella era capaz de matarlo.

Se dijo que tenía que serenarse. Sabía que la familia Del Toro llevaba varias semanas en casa de Alex, Nathan Battle se lo había contado mientras se tomaban una copa juntos en el Club de Ganaderos de Texas. Pero no había oído ningún otro rumor. Nathan era una tumba en todo lo relativo al secuestro de Alex, y lo único que le había contado a Chance era que él no lo tenía en su lista de sospechosos.

Lo que significaba que la investigadora estatal todavía no lo había borrado de la suya.

Y, al parecer, la familia Del Toro tampoco. Chance tuvo que admitir que estaba impresionado con Gabriella del Toro.

Toda la situación era muy complicada. Alex

estaba de vuelta, sano y salvo, pero no sabía quién era ni conocía a nadie en Royal. El pueblo todavía estaba en alerta y se sospechaba de cualquiera que hubiese podido tener algo que ver con el secuestro de Alex Santiago, incluido él.

–¿Y su guardaespaldas también habla francés? –preguntó, sin saber qué decir.

Quería volver a hablar con Alex y averiguar si había recordado algo. Por mucho que odiase admitirlo, era posible que el culpable estuviese en Royal. La otra opción era que se lo hubiese llevado alguna banda criminal mexicana.

–Por supuesto –respondió Gabriella–. Siempre ha estado en clase conmigo, así que es normal que haya aprendido conmigo y con el resto de niños de la casa.

–¿Tiene más hermanos?

–No, señor McDaniel –respondió ella riendo suavemente–. Mis tutores enseñaban también a los hijos de nuestros empleados. Éramos suficientes como para montar un colegio. Mi madre pensaba que era nuestra obligación educar a aquellos que trabajaban para nosotros.

Alex nunca le había hablado a Chance de su madre.

–Supongo que su madre debió de sufrir mucho cuando Alex desapareció.

El rostro de Gabriella se ensombreció, dejó de sonreír.

–Hace veintitrés años que falleció, señor McDaniel.

15

–Lo siento. No lo sabía.

Ella inclinó la cabeza, aceptando la disculpa, y el rostro se le volvió a iluminar. Tenía unos modales refinados, impecables.

De repente, Chance necesitó saber si Gabriella sabía montar a caballo. Alex había ido muchas veces a montar a McDaniel's Acres, su rancho. Y le había hablado de que también tenía establos en su casa familiar, y de que le encantaba montar.

A Cara Windsor nunca le había gustado montar a caballo con él. No le gustaba el olor de los establos y le daban miedo los animales.

Chance pensó que le gustaría tener a alguien con quien poder montar, alguien con quien compartir las comidas… y la cama. No obstante, se había dedicado demasiado a trabajar en el rancho y en Royal ya quedaban pocas mujeres solteras. Además, la vida en el rancho era muy dura.

–¿Monta a caballo? –preguntó.

Y el guardaespaldas lo fulminó con la mirada todavía más, si es que era posible.

–Alex solía venir a mi rancho a montar –explicó.

–Sí –respondió ella, casi sonriendo.

Y aquello bastó para que a Chance le subiese la temperatura un par de grados.

–Debería venir a mi rancho, el McDaniel's Acres. Esta zona de Texas es muy bonita, y la mejor manera de conocerla es a caballo.

Quiso pensar que le hacía la invitación solo para limpiar su imagen. Si no podía hablar con Alex y ver qué recordaba este, a lo único que podía aspirar era a hablar con su bella hermana. Necesitaba saber si toda su amistad con este había sido una mentira.

No obstante, tuvo que admitir que pasar algo de tiempo con Gabriella podía ser divertido.

–Me temo que va a ser imposible –respondió ella ruborizándose–. No voy a ninguna parte sin Joaquín.

El guardaespaldas la secundó con un gruñido.

–Puede venir también –le aseguró Chance–. Tengo una mula que podrá con él. Cuantos más, mejor.

–¿Cómo de grande es su rancho? –preguntó ella, inclinándose hacia delante.

Chance clavó la vista en el escote.

Si Alex hubiese estado allí, le habría dado un puñetazo por mirar así a su hermana.

–Unos 400 acres. Tenemos ganado y algunas gallinas, ovejas y cabras. Y alpacas. A los niños les encantan. Y, por supuesto, caballos. También alquilamos habitaciones, organizamos paseos a caballo. Estaré encantado de enseñárselo todo.

Era febrero y, aunque aquel invierno casi no había nevado, el aire todavía era bastante frío. Chance no supo por qué quería salir a montar con una mujer tan refinada como Gabriella del Toro con aquel tiempo.

Ah, sí, porque tenía la esperanza de averiguar algo más acerca de Alex.

Esperó que ella aceptase la invitación. Y esperó que realmente supiese montar a caballo. Sobre todo, esperó que no le fuesen a pegar un tiro. Chance bajó la vista a las manos de Gabriella. A pesar de su aspecto delicado, llevaba las uñas cortas y no lucía ningún anillo. Llevaba vendado un dedo.

−¿Se ha hecho daño?

Ella se ruborizó de nuevo y bajó la vista.

−Es solo un corte. Iba a prepararle una sopa a Alejandro.

Chance sonrió.

−Cuando venga a montar la invitaré a cenar. Franny Peterson es la mejor cocinera de Royal. Le encantará conocer a la familia de Alex. Siempre se han llevado muy bien.

Gabriella esbozó una sonrisa tensa.

−¿Alejandro iba mucho a su casa?

−Sí.

−¿Era…? −empezó, pero no pudo terminar la frase.

Chance se dio cuenta de que aquello debía de ser muy difícil para ella. Entonces se acordó de que no había ido allí para coquetear con la hermana de Alex, por divertido que le resultase.

−¿Cómo está? ¿Mejor?

−Está igual −respondió en tono triste.

Al parecer, le importaba mucho su hermano. Chance no supo por qué, pero aquello le gustó.

–¿Puedo verlo?

Joaquín se puso tenso y Gabriella respondió:

–No es buena idea, señor McDaniel. Todavía se está recuperando. Los médicos han dicho que necesita tranquilidad y oscuridad para que el cerebro se recupere del trauma.

–El señor McDaniel es mi padre, yo soy Chance. Todo el mundo me llama así, incluso Alex.

Ella lo miró fijamente con sus ojos marrones.

–No me parece sensato llamarlo por su nombre, señor McDaniel.

Chance no supo qué había hecho mal, pero se dio cuenta de que Gabriella estaba levantando un muro a su alrededor.

–Había pensado que, tal vez, si Alex me veía, podría recordar algo. Que tal vez me reconocería.

Chance había visto llorar a muchas mujeres, pero cuando Gabriella levantó el rostro, él pensó que jamás había visto a una mujer más triste en toda su vida.

–Esa era mi esperanza también.

El dolor de su voz le afectó. Chance se sintió igual que cuando se había enterado de que Alex había desaparecido.

Deseó acercarse y ofrecerle su hombro para llorar. Quiso que Gabriella supiese que, a pesar de lo que hubiese oído acerca de él, solo quería lo mejor para su amigo. Y para la familia de su amigo.

Pero no quería que le pegasen un tiro, así que en vez de ofrecerle su hombro sacó una tarjeta de visita de la cartera y se la tendió. Estaba un poco vieja porque hacía mucho tiempo que la tenía guardada. En Royal todo el mundo lo conocía, no necesitaba presentarse.

–Si hay cualquier cambio, o si necesitan mi ayuda, aquí está mi teléfono. Si Alex me necesita puedo estar aquí en veinte minutos.

Tragó saliva y después añadió:

–Y si usted me necesita, también.

Ella se levantó. Por un instante, Chance pensó que iba a echarlo de la casa, pero la vio aceptar la tarjeta y esbozó una sonrisa.

–Gracias.

–¿Quién es? –rugió una voz a sus espaldas.

Antes de girarse, Chance se dio cuenta de que la expresión de Gabriella era de alarma. El hombre que había en la puerta de la cocina tenía que ser el padre de Alex, porque se parecía mucho a él, pero su gesto era mucho más duro.

Nathan había dicho que era un hombre al que había que tener en cuenta. Y era cierto.

–Papá –dijo Gabriella en tono dulce, que no débil–. Este es Chance McDaniel, amigo de Alejandro.

Chance agradeció que lo presentase así y que no mencionase que también era el principal sospechoso de la desaparición de Alex.

Aunque no hizo falta. Rodrigo lo fulminó con la mirada al oír su nombre.

–¿Qué está haciendo aquí? –bramó.

–Hola, señor Del Toro –dijo él–. Alex me hablaba bien de usted.

Luego añadió en tono profesional que había venido a ver a Alex. Intentó mostrarse tranquilo. Tal vez fuese solo un vaquero, pero sobre todo era un McDaniel y no iba a permitir que ni siquiera Rodrigo del Toro lo mirase por encima del hombro.

Vio sonreír a Gabriella y supo que al menos tenía a alguien de su parte.

–No eres bienvenido en esta casa –dijo Rodrigo.

–Papá –añadió Gabriella, tocándole el brazo.

–Gabriella –replicó él, apartándole la mano–. No eres bienvenido en esta casa.

Chance podía soportar que le hablasen mal a él, pero no le gustó que Rodrigo le hablase así a su hija. No lo podía permitir.

–Que yo sepa, es la casa de Alex, y apostaría a que he pasado aquí más tiempo que usted. Mientras Alex no diga lo contrario, soy bienvenido, señor.

Antes de que Joaquín lo agarrase de la solapa, recogió el sombrero de encima de la mesa y añadió:

–Ha sido un placer conocerla, señorita del Toro.

Luego miró al guardaespaldas.

–Sigue así, Joaquín.

Oyó pasos a su espalda y se puso tenso, incluso pensó que le iban a dar un golpe, pero se sorprendió cuando Gabriella llegó a su lado y le abrió la puerta. Parecía confundida.

–Le diré a Alejandro que ha venido –le aseguró.

Chance miró por encima de su hombro, Joaquín no estaba lejos. El que no se había movido de la puerta de la cocina era Rodrigo del Toro. Seguía allí de brazos cruzados, fulminándolo con la mirada. Chance no pudo contenerse. Lo miró y se tocó el sombrero porque sabía que eso lo molestaría.

Luego se giró hacia Gabriella.

–Espero no haberlo enfadado demasiado.

Con aquellas palabras se ganó una sonrisa de preocupación.

–Llámeme para lo que necesite. El ofrecimiento del paseo a caballo sigue en pie.

Ella no lo miró a los ojos, pero Chance vio que volvía a sonrojarse.

–Gabriella –rugió Rodrigo.

–Adiós, señor McDaniel –se despidió, cerrando la puerta tras de él.

Chance fue hasta su todoterreno y se giró para mirar la casa de Alex. No vio a este asomado a ninguna de las ventanas del primer piso.

Tuvo la sensación de que tendría noticias de Gabriella. Había visto cómo se le iluminaba la mirada cuando le había propuesto montar a caballo. Sí, iba a llamarlo. No aguantaría mucho tiempo más encerrada en aquella casa con un guardaespaldas silencioso y un padre enfadado. Por no mencionar al hermano, que ni siquiera la recordaba.

Esperaba que cumpliese con su palabra y le dijese a Alex que había pasado a verlo.

Si lo hacía, con eso la consideraría mejor persona que su hermano ya que, por el momento, la palabra de Alex no valía nada.

Capítulo Tres

La llamada tardó cuatro días en llegar. Chance acababa de volver de los establos cuando sonó su teléfono con el tono que tenía reservado para Alex. Por un momento, Chance pensó que se trataba de este, que había recuperado la memora y quería hablar con él.

—¿Dígame?

—Sí, ¿señor McDaniel?

La suave voz de Gabriella lo inundó y él se sintió decepcionado porque no era Alex y encantado de que fuese ella.

—Te dije que me llamases Chance, Gabriella.

Se hizo un silencio y él supo que Gabriella estaba dudando si debía llamarlo por su nombre de pila o no.

—¿Alguna novedad con Alex? —preguntó, al ver que ella no decía nada.

—No. Sigue… descansando —respondió.

Parecía cansada y preocupada.

—¿Y tu padre, sigue enfadado conmigo?

—A papá solo le preocupa el bienestar de Alejandro —dijo ella sin dudarlo.

De hecho, parecía haber estado ensayando la frase.

Él sonrió. Aquello era claramente un sí.

–Entonces, ¿necesitas salir un poco de esa casa? Tengo un caballo precioso, que se llama Nightingale y al que le encantaría darte un paseo.

Ella no respondió, Chance la oyó suspirar y supo que la había convencido.

–Dijiste que también tenías una mula para Joaquín.

–Sí. Aguanta alrededor de ciento cincuenta kilos, así que bastará con que Joaquín desayune ligero.

Gabriella se echó a reír.

–Se lo diré.

–¿Cuándo quieres venir?

Era jueves, el fin de semana estaba muy cerca.

–Han dicho que va a hacer buen tiempo los próximos días.

–¿Cuándo estás tú disponible?

Chance pensó que cuando ella quisiera, pero Marty se acercó y le dijo en voz baja:

–No te olvides de la boda del sábado.

Él se maldijo. Era febrero y temporada baja, pero aun así seguían celebrando algunas bodas en el rancho.

–El sábado por la noche tenemos una boda. Así que… ¿qué tal si quedamos el domingo por la tarde?

–Imposible, señor McDaniel –contestó ella–. Chance. El domingo no puede ser.

Él recordó que Alex había ido a misa de vez en cuando los domingos, pero era evidente que para Gabriella era algo muy importante.

No obstante, no podía dejar pasar aquella oportunidad. Sabía que Rodrigo del Toro no permitiría que volviese a entrar en casa de Alex, lo que significaba que aquella era la única manera de averiguar qué estaba pasando.

Así que solo había una posibilidad.

—¿Y mañana por la mañana? Estaremos preparando la boda, pero puedo escaparme un rato. ¿Qué tal si quedamos sobre las diez y después comemos juntos?

Gabriella guardó silencio. De fondo, Chance oyó cómo Rodrigo la llamaba a gritos.

—Mañana a las diez —dijo ella antes de colgar.

Chance sonrió. Supo que tenía que mantener los ojos bien abiertos y estar alerta. El rancho había perdido muchos clientes por culpa de los rumores relacionados con Alex, y no podía correr más riesgos.

Necesitaba averiguar qué recordaba Alex. Aquel sería su principal objetivo al día siguiente. De hecho, tenía que ser su único objetivo. Necesitaba limpiar su nombre y olvidarse de lo mucho que le gustaba Gabriella.

Iban a salir a montar a caballo juntos.

El fin de semana pintaba muy bien.

***

Al día siguiente, Gabriella se levantó temprano. Normalmente lo hacía a las seis y media de la mañana, pero en aquella ocasión lo hizo a las seis menos cuarto.

Le habría gustado tomarse un café sola, sin Joaquín, pero este dormía en el salón.

–Buenos días –le dijo al pasar por su lado.

A Joaquín no le gustaba que nadie intentase pasar a hurtadillas. La primera vez que Gabriella lo había intentado, con quince años, él la había agarrado por la pantorrilla con tanta fuerza que los hematomas le habían durado varias semanas. Joaquín se había disculpado por aquello, por supuesto, ya que lo había hecho medio dormido, sin darse cuenta de que era ella y no un ladrón.

Joaquín se sentó en el sofá y miró a su alrededor.

–Me he despertado temprano –le explicó Gabriella mientras él sacaba la pistola de debajo de la almohada y la metía en la cartuchera–. No pasa nada. ¿Quieres café?

Joaquín asintió y se pasó una mano por la cara. Después se puso en pie y comenzó su ronda matutina, recorriendo la casa en silencio, comprobando las puertas y ventanas. Gabriella sabía que Joaquín no atendería ninguna de sus necesidades hasta que no estuviese seguro de que la familia Del Toro no corría ningún peligro.

Ella preparó un café bien cargado. Estaba

nerviosa, tanto como el día que había convencido a su padre de que la permitiese acompañarlo a Estados Unidos.

Por fin iba a ver algo de Texas, algo más que las vistas que había desde las ventanas de casa de Alejandro. ¡Y montada a caballo! En Las Cruces cabalgaba todos los días, y desde que estaba allí no había visto ni un caballo. Por eso estaba tan emocionada y se había despertado tan temprano.

Joaquín apareció en la cocina. Aceptó una taza de café y se sentó a la mesa, con su tableta delante. Siempre estaba leyendo noticias y buscando informaciones que pudiesen representar una amenaza para la familia Del Toro.

No obstante, no la encendió. En su lugar, bebió el café y miró a Gabriella.

Ella conocía bien aquella mirada. Joaquín se estaba preguntando si debía permitirle ir a montar a caballo con Chance McDaniel.

–María estará aquí para arreglar la casa –dijo ella, poniéndose a la defensiva–. Y papá también. Alejandro no se va a quedar solo.

El guardaespaldas arqueó una ceja. Todavía no estaba convencido.

–Ya has oído lo que dijo McDaniel, es un rancho enorme. Podemos ver si hay algún lugar en el que haya podido tener escondido a Alejandro. Alguna cabaña abandonada o algo así.

Joaquín la miró todavía con más escepticismo y ella suspiró, frustrada. Si no conseguía convencer a Joaquín, mucho menos convencería a su padre.

–Vamos a comer allí, así que podré hablar con sus empleados y ver qué me cuentan acerca de él y de Alejandro.

Joaquín sacudió la cabeza.

Y ella pensó que tenía que decirle la verdad.

–Como no salga de esta casa, aunque sea una mañana, te voy a hacer el día imposible, Joaquín. Te obligaré a que me ordenes el armario, a que me ayudes a decidir un nuevo corte de pelo y a hacer compras por Internet. Además, te preguntaré si los pantalones me hacen gorda. Y después experimentaré en la cocina y te pediré que lo pruebes. ¿Es eso lo que quieres?

Gabriella no solía enfadarse. Ya no era la muchacha testaruda de trece años que había intentado rebelarse a cada ocasión. Había aceptado su situación y sabía que Joaquín solo se preocupaba por su bienestar.

En esos momentos, su bienestar dependía de poder pasar un par de horas fuera de aquella casa.

Se apoyó en la encimera y esperó. Sacó un par de cuencos y los cereales y dejó la leche encima de la mesa.

–Me parece que voy a intentar preparar tortitas otra vez. La última vez no me salieron tan mal, ¿no?

Le habían salido fatal, y tanto Alejandro como Joaquín habían tenido dolor de estómago.

Joaquín la fulminó con la mirada y luego dijo:

—Como te toque, lo mataré.

Gabriella sonrió. Lo había conseguido.

—Por supuesto —le respondió ella—. Es lo mínimo que esperaría papá.

Terminó de desayunar y subió a darse una ducha. Se vistió y se recogió el pelo en una trenza. Tenía el corazón acelerado.

Quería llegar a McDaniel Acres lo antes posible, pero antes tenía que hacer una cosa.

Preparó una bandeja con unas tostadas que no estaban demasiado quemadas, cereales, zumo de naranja y un termo con café y fue a la habitación de su hermano.

Llamó a la puerta.

—Alejandro, soy yo, Gabriella.

La puerta se abrió y su hermano apareció delante de ella. Llevaba puesta una camiseta blanca arrugada y unos pantalones de pijama.

Por su mirada, Gabriella supo que seguía sin recordarla, que no había cambiado nada. Tenía la esperanza de que uno de aquellos días se despertarse y volviese a ser su hermano.

—Te he traído comida —le dijo—. ¿Tienes hambre?

Él la miró fijamente, pero como si no la estuviese viendo.

—Gracias —balbució, apartándose para dejarla entrar.

La habitación estaba hecha un desastre. Las

sábanas estaban tiradas en el suelo, había calcetines por todas partes y la pantalla de la televisión estaba azul. Alejandro llevaba varias semanas sin salir de allí.

–Hoy va a venir María, la señora de la limpieza. Te va a preparar ella la comida y va a limpiarte la habitación. También puede hacer la colada.

Alejandro se dejó caer de nuevo en la cama y clavó la vista en la televisión.

Gabriella dejó la bandeja y recogió los restos de comida de la noche anterior. Le dolía mucho ver a su hermano así. Se había sentido aliviada al saber que había aparecido, pero, sin memoria, era casi como si siguiese perdido.

–Voy a visitar a tu amigo Chance McDaniel hoy –le dijo.

Entonces ocurrió algo inusual. Alejandro giró la cabeza y la miró. Por primera vez en varias semanas, Gabriella tuvo la sensación de que la reconocía. O de que, al menos, sabía quién era Chance McDaniel.

Se preguntó si habría recordado algo. Alguna cosa relacionada con el secuestro.

Y entonces Alejandro dijo:

–Todo el mundo me habla de él, pero…

Y después se encogió de hombros y apartó la mirada.

No obstante, en aquella ocasión, Gabriella no estuvo tan segura de que no se acordase de nada. Su mirada había sido demasiado directa.

–Me ha invitado a ir a su rancho –le contó mientras recogía la ropa sucia y lo observaba–. Me va a acompañar Joaquín, por supuesto.

Su hermano se estaba tocando la barbilla, pensativo.

–Y papá está de acuerdo –continuó ella, ahuecando las almohadas–. Piensa que así podré comprobar si hay algún lugar en el rancho en el que hayan podido tenerte oculto.

Alejandro sacudió la cabeza, como si pensase que aquello era una tontería.

Y Gabriella no pudo contenerse más. Se arrodilló delante de él y le tomó las manos.

–Si pudieses decirme algo, algo que recuerdes, lo que sea, yo te ayudaría.

Alejandro volvió a mirarla como si no la estuviese viendo.

–¿Es que no confías en mí, hermano?

Él tardó unos segundos en reaccionar, apartó las manos de las suyas, y le tocó la mejilla.

–Eres…

A Gabriella se le hizo un nudo en la garganta. ¿Se acordaba de ella?

–Eres muy amable –terminó–. Pásalo bien en el rancho.

Y después volvió a dejarse caer en la cama y tomó el mando a distancia de la televisión. Unos segundos después estaba viendo un partido de fútbol.

Gabriella se incorporó y contuvo las lágrimas.

Era evidente que su hermano no confiaba en ella.

Salió de la habitación, cerró la puerta e intentó tranquilizarse. Estaba segura de que si Chance McDaniel hubiese tenido algo que ver con el secuestro de Alejandro, este no le habría dicho que se lo pasase bien en su rancho.

Pero se lo había dicho. Y eso era lo que Gabriella pretendía hacer.

Capítulo Cuatro

Con Joaquín al volante, Gabriella llegó a Mc-Daniel Acres a las diez menos cinco.

Sentada en la parte trasera del coche, intentó asimilar la magnitud de la finca a través de los cristales tintados.

Había colinas por todas partes e hileras de árboles que debían de bordear un arroyo. Lo que no había era los frondosos bosques de Las Cruces. En su lugar, el campo estaba salpicado de arbustos y de las famosas plantas rodadoras.

Se preguntó cómo sería el paisaje en un par de meses, si estaría todo lleno de flores de colores y de hierba verde, del color de los ojos de Chance McDaniel.

Se puso recta en su asiento, miró a Joaquín, que conducía en silencio. No estaba allí para pensar en los ojos del señor McDaniel, ni estaría allí en un par de meses para ver la llegada de la primavera. Estaría de vuelta en Las Cruces, montando a sus propios caballos, haciendo joyas y dejando de intentar cocinar tortitas. Alejandro estaría a salvo y las cosas volverían a la normalidad. Eso era lo que quería, ¿no? Que todo volviese a la normalidad.

Pensó en la conversación que había mantenido con su hermano. Era el día que más animado lo había visto desde… desde que su padre le había dicho que iban a volver a Las Cruces en cuanto le diesen el alta del hospital. Al oír aquello, Alejandro había reaccionado y le había dicho que no iba a marcharse de su casa ni de Royal. Después, había vuelto a sumirse en su silencio.

¿Y si Alejandro no quería que las cosas volviesen a la normalidad? ¿Y si, a pesar del secuestro, deseaba quedarse en Estados Unidos?

Era muy posible, pero ¿por qué?

Sonrió. Aquel día no iba a estar sola. Iba a montar a caballo con Chance McDaniel. Iba a intentar averiguar lo máximo posible acerca de la vida que su hermano había llevado en Texas, y también acerca del señor McDaniel.

Joaquín redujo la velocidad al llegar a una señal que indicaba cuatro direcciones. Barracón, Piscina y Proveedores apuntaban al oeste; Paseos a caballo apuntaba al norte. Y aquella fue la dirección que tomó Joaquín.

Al oeste, Gabriella vio una construcción grande de madera. Tenía tres pisos y un porche enorme. A pesar de la distancia, vio a varias personas adornándolo y pensó que debía de ser para la boda. El lugar era muy bonito.

Entonces la carretera los apartó de la casa y los llevó hacia los edificios propios de un rancho. Unos segundos después se habían detenido delante de unos establos de color rojo. Detrás de estos había varios edificios más pequeños. Había caballos sueltos, pastando alrededor.

Joaquín aparcó el coche junto a una ranchera azul oscuro, salió y fue a abrirle la puerta a Gabriella. Esta salió también y se acercó hasta un caballo que se estaba frotando la cabeza contra un poste.

–¿Te pica? –le preguntó.

Y el animal acercó la cabeza para que lo tocase.

Gabriella sonrió. La brisa era todavía fresca, pero era un anuncio de que la primavera estaba llegando. Acarició al animal. Había echado mucho de menos los caballos, y su olor bastó para animarla.

–Qué suerte tiene ese caballo –dijo una voz a sus espaldas.

Ella se giró y vio a Chance McDaniel, que estaba atando un caballo a un poste. Lo hizo sin apartar la mirada de ella.

Gabriella pensó que estaba muy guapo vestido de vaquero, y que sus ojos parecían todavía más verdes de lo que ella recordaba. Y lo más importante era cómo la miraba. Estaba acostumbrada a que los hombres la mirasen y viesen en ella el dinero de su padre, pero no era el caso de Chance McDaniel.

La mirada de este era diferente. Era casi… como si se alegrase de verla.

Y no pudo evitar sonreír de oreja a oreja al saludarlo.

–Señor McDaniel.

Él arqueó una ceja.

–¿Qué tengo que hacer para que me llames Chance, Gabriella?

Su nombre sonaba distinto cuando lo decía él.

Joaquín se interpuso entre ambos antes de que a ella le diese tiempo a responder a la pregunta de Chance.

–Buenas, Joaquín –lo saludó Chance, al que no pareció molestarle la presencia del guardaespaldas–. Espera, que voy a buscar a Bestia.

Luego acarició al caballo que acababa de atar al poste.

–Y este es Nightingale, aunque lo llamamos Gale para abreviar. Espero que te guste.

Dicho aquello se dio la media vuelta y volvió a entrar en los establos.

Joaquín miró a Gabriella, como preguntándole si Chance era real.

Y ella respondió encogiéndose de hombros. Habría sido estupendo que Chance McDaniel fuese real. Se metió la mano en el bolsillo y sacó un puñado de zanahorias que había cortado la noche anterior para dárselas a Gale. El animal las olió y se las comió.

–Hola –le dijo Gabriella al caballo mientras este le olía el pelo–. ¿Quieres más?

Oyó los cascos de otro animal retumbando

en el suelo, levantó la vista y vio a Chance mirándola. Volvió a sentir calor.

–¿Haciendo amigos?

–Por supuesto –respondió ella, ruborizándose–. Y ha funcionado.

Gale la acarició con el hocico.

Al lado del animal que Chance tenía al lado, Gale parecía un poni enano. En realidad, no era mucho más alto que Gale, pero sí mucho más pesado.

–No le tengas miedo a Bestia –le dijo Chance–. Es completamente inofensivo. También deberías hacerte su amiga.

Gabriella se acercó a él con las mejillas encendidas.

–Hola, Bestia –lo saludó, poniéndose una zanahoria en la mano y acercándola al hocico del animal.

Bestia tomó la zanahoria y le hizo cosquillas en la palma de la mano. Gabriella se echó a reír.

–Eres un buen chico, ¿verdad?

–Uno de los mejores –dijo Chance.

Bestia golpeó el suelo con una pata y Gabriella se sobresaltó.

Chance se echó a reír.

–Le caes bien –comentó.

–¿Cómo lo sabes?

–Porque si no, habría retrocedido. Es así de predecible.

Chance le tendió las riendas a Joaquín.

–Ahí tienes un bloque de montaje.

Luego se giró hacia Gabriella y la miró con los ojos brillantes.

–Permite que te ayude a subir.

Se acercó a Gale y entrelazó los dedos de ambas manos. Gabriella dudó, podía montar sola, pero si quería hacerse amiga de Chance tenía que ser simpática con él. Así que apoyó el pie en sus manos y dejó que la impulsase. Una vez en la silla, él le agarró la pantorrilla para meterle el pie en el estribo.

Gabriella contuvo la respiración. Casi no conocía a aquel hombre y todavía no estaba segura de que no representase una amenaza para Alejandro, o para ella misma, pero cuando le había agarrado la pierna con fuerza no se había sentido insegura, sino todo lo contrario. Lo vio dar la vuelta al animal y metió rápidamente el otro pie en el estribo.

Chance desató las riendas y se las ofreció.

–Ahora vuelvo –le dijo, dejándola en un estado de extraña confusión.

Normalmente nadie la tocaba. Si alguien lo hacía, Joaquín reaccionaba al instante. Y, no obstante, Chance la había tocado como si fuese la cosa más normal del mundo.

Hizo girar el caballo para poder ver a Joaquín, que había utilizado el bloque para montar y estaba sentado encima de Bestia.

–¿Estás bien? –le preguntó este.

–Sí –respondió ella a pesar de no estar segura–. ¿Y tú?

Su guardaespaldas miró hacia el suelo y asintió.

–¿Estás bien ahí arriba, amigo? –le preguntó Chance, que llegó a lomos de una yegua–. ¿Qué sueles montar en casa?

–Joaquín monta a un caballo andaluz y yo siempre a mi azteca, Ixchel.

–Sé lo que es un caballo andaluz, pero ¿qué es un caballo azteca? –preguntó, haciendo avanzar a su animal en dirección contraria a los establos.

Gabriella se colocó a su lado y Joaquín los siguió.

–Una mezcla de andaluz, cuarto de milla y criollo mexicano –le explicó–. Ixchel es un caballo muy bien entrenado. Yo siempre he querido concursar con él…

Aquel había sido otro motivo de rebelión con catorce y quince años. Siempre le habían prohibido aquel tipo de actividades.

–¿Y por qué no lo has hecho? –preguntó Chance sin mirarla.

Su postura era relajada, pero en su voz parecía haber algo más que curiosidad.

–Papá decía que las competiciones no eran seguras.

–¿Perdona?

–Joaquín es un excelente guardaespaldas, pero en un lugar con tanta gente no podía controlar la situación tan bien como en Las Cruces. Es nuestra finca familiar –añadió enseguida.

–Espera, entonces... ¿me estás diciendo que no tienes un guardaespaldas por lo que le ha ocurrido a Alex?

Gabriella creyó oír confusión en su voz. Era evidente que aquello era nuevo para Chance McDaniel, lo que era bueno, porque significaba que no había vigilado a su familia.

No obstante, parecía que la idea de que tuviese seguridad constantemente no gustaba a Chance.

–Joaquín lleva catorce años conmigo –le contó, sabiendo que eso solo avivaría la curiosidad de Chance.

–¿En serio?

–Por supuesto. México no es un lugar seguro para los ricos. Hay muchos secuestros. Es todo un negocio.

Él se quedó pensativo mientras paseaban.

–Entonces, ¿es normal tener un guardaespaldas?

–Yo siempre lo he tenido. Papá contrató a Joaquín después de apartar a mi guardaespaldas anterior, Raúl.

Tuvo la sensación de que estaba hablando demasiado, pero no de que Chance tuviese un interés especial en aquella información. Solo parecía sorprendido.

–¿Qué significa lo de apartarlo? –preguntó preocupado.

–Todos los guardaespaldas de nuestra familia tienen que pasar por pruebas para demostrar su capacidad para protegernos. Si no lo hacen, son reemplazados.

Chance detuvo a su caballo bruscamente.

—¿Qué?

—No es nada malo —dijo ella.

—¿No te da miedo?

Gabriella no fue capaz de mirarlo a los ojos.

—No suelen ser intentos demasiado serios —respondió.

La última ocasión, los falsos secuestradores se habían tomado su trabajo demasiado en serio. Gabriella había ido hacia Ciudad de México para reunirse con la dueña de una galería de arte en la que quería exponer sus joyas cuando… Aunque tenía un coche blindado, así que en realidad no había corrido ningún peligro. O eso se decía ella una y otra vez.

—¿Tan duro fue? —le preguntó él en voz baja.

Gabriella lo miró a los ojos y volvió a sentirse como en casa.

—Joaquín me defendió con honor, como siempre.

—¿Cuántas veces ha ocurrido?

Chance estaba muy serio y, además, parecía enfadado.

—Suele ocurrir una vez al año.

Chance juró entre dientes y ella sonrió primero y rio después. Miró hacia atrás a Joaquín, que estaba tan impasible como siempre.

—¿Y me puedes explicar por qué motivo le haría un hombre algo así a su hija?

–También ponía a prueba a los guardaespaldas de Alejandro –continuó ella.

–No me lo puedo creer. ¿Por qué?

Gabriella se sintió aliviada al ver que Chance no sabía que su hermano había tenido guardaespaldas. Cuanto más tiempo pasaba con él, más convencida estaba de su inocencia. Era evidente que no había sabido que Alex Santiago era en realidad Alejandro del Toro.

Abrió la boca para contárselo, pero no pudo. Habían pasado veintitrés años, pero ella seguía sin poder hablar del tema.

Él la miró, estaba esperando una respuesta.

Pero ella no podía dársela, así que hizo que su caballo se pusiese a trotar para alejarse de él.

Al parecer, Chance no iba a permitir que se marchase sin más. Se colocó a su lado y volvió a preguntar.

–¿Quién?

–Nuestra madre –respondió ella, intentando mantenerse tranquila–. Según la policía, murió mientras intentaba escapar.

Eran pocos los secuestros que terminaban así porque, al fin y al cabo, los muertos no valían nada.

Pero Elena del Toro no había sido una víctima dócil.

–Se enfrentó a ellos.

Gabriella se sentía orgullosa de su madre, pero, al mismo tiempo, el tema la ponía furiosa. No podía evitar preguntarse si, de haber sido

menos valiente, todavía seguiría allí. Si todo podía haber sido diferente.

–¿Cuándo ocurrió?

–Yo tenía cuatro años. Alejandro, ocho.

Siempre había sentido celos de su hermano, porque tenía más recuerdos que ella. Recordaba los cumpleaños y las navidades, los viajes a visitar a la tía Manuela y la iglesia. Ella tenía solo recuerdos mezclados, el más nítido el del día del mismo secuestro, cuando había ayudado a su madre a preparar unos rosarios para regalar en Navidad al personal de la iglesia.

Su madre había ido a comprar más cuentas para los rosarios al mercado y entonces la habían secuestrado.

–Él… recordaba más cosas que yo. Y eso era muy doloroso.

–Por supuesto.

Después de aquello se quedaron en silencio. Pronto estuvieron rodeados de naturaleza. La hilera de árboles que había visto al llegar se iba aproximando al camino por el que avanzaban.

Gabriella intentó no pensar en su madre y no le costó mucho esfuerzo, estaba muy acostumbrada a hacerlo.

–En Ciudad de México no tenemos invierno. Aquí es todo diferente, incluso los caballos.

–Pues espera a que empiecen a cambiar el pelo –comentó Chance riendo–. Lo ponen todo perdido. ¿Y ves aquella colina de allí? En la primavera está cubierta de jacintos silvestres.

–Me encantaría verlos.

No sabía si todavía estarían allí en primavera, encerrados en la casa de Alejandro y deseando que este recuperase la memoria.

–Si todavía estás aquí, tienes que volver.

Se aclaró la garganta.

–¿Sabes si todavía vais a estar aquí?

Ella negó con la cabeza. No sabía si Chance se lo preguntaba porque quería volver intentar secuestrar a su hermano o por otro motivo.

–Alejandro no quiere volver con nosotros.

Eso todavía la confundía, pero en esos momentos, montada a caballo y disfrutando de Texas, empezaba a entender que su hermano quisiese quedarse allí.

–¿Cómo está hoy?

–Igual.

Gabriella no iba a contarle que Alejandro había reaccionado al oír su nombre.

Siguieron con el paseo y Chance le fue hablando de las peculiaridades del paisaje.

–¿Es muy distinto a vuestro rancho? –le preguntó.

Seguían cabalgando el uno junto al otro, con Joaquín siguiéndolos. Por primera vez en mucho tiempo, Gabriella se sintió libre. Las tierras que estaban recorriendo no estaban valladas ni vigiladas por guardias armados. No había ningún indicio de civilización a su alrededor.

–Sí –respondió mientras la brisa le golpeaba el rostro–. Hay mucho más árboles. No tenemos invierno, casi nunca hiela. Y en esta época el tiempo es muy seco. Había venido con la esperanza de ver nieve.

–Aquí no nieva mucho –le dijo Chance–. Aunque cuando lo hace se pone todo muy bonito.

Ella lo miró. Iba sentado muy recto y con una mano apoyada en el muslo. Parecía muy cómodo montando a su lado. Era todo un vaquero.

Chance giró la cabeza y la vio sonreír.

–¿Qué?

Gabriella se ruborizó. Para intentar disimular, preguntó:

–¿Me dijiste que Alejandro solía venir a montar contigo?

–Sí. Le gustaba hacer carreras. Mi cocinera, nos preparaba algo de comer y hacíamos una carrera a ver quién llegaba antes al arroyo.

Por su tono de voz, era evidente que el recuerdo le resultaba doloroso.

Sin pensarlo, Gabriella alargó la mano y le tocó el brazo.

–Volverá con nosotros.

Chance la miró a los ojos.

–¿Quién? ¿Tu hermano o mi amigo? Porque no pienso que sean la misma persona.

Chance miró hacia atrás y ella lo imitó, tenían a Joaquín muy cerca.

Gabriella suspiró frustrada. Había tenido la sensación de ser libre, pero no era real.

Capítulo Cinco

Chance se preguntó si Gabriella del Toro le estaba tomando el pelo o si estaba siendo sincera con él.

Al fin y al cabo, siempre había pensado que Alex Santiago era un tipo directo, pero se había equivocado, y en esos momentos él era el principal sospechoso de su desaparición.

Pero Gabriella era… diferente. Chance no quería pensar que le estaba mintiendo, no podía haber mentido acerca de su madre. El dolor de su mirada había sido demasiado real para ser falso.

No obstante, le costaba asimilar todo lo que le había contado. Entendía que necesitase un guardaespaldas, al fin y al cabo, habían secuestrado a Alex y, si su familia era tan rica como ella decía, era comprensible que toda la familia necesitase seguridad.

Pero lo de que hubiesen secuestrado a su madre cuando ella tenía cuatro años… y la hubiesen matado. ¿Que su padre la hubiese tenido constantemente vigilada desde entonces y que le hubiese dado tantos sustos con extraños simulacros?

A Chance no le había gustado el hombre a primera vista, y en aquellos momentos le gustaba todavía menos.

Miró de reojo a Gabriella y le reconfortó ver que no parecía que fuese a ponerse a llorar. Siempre se ponía nervioso cuando una mujer lloraba.

Gabriella tenía los hombros rectos y la cabeza erguida. En vez de pantalones vaqueros y botas de vaquero llevaba puestos unos pantalones de equitación verdes que le sentaban como un guante y botas de montar. Y un suéter debajo de la chaqueta entallada.

Chance no había querido fijarse en su figura, pero no había podido evitarlo. Nada más verla le había parecido muy guapa, pero en esos momentos pensó que tenía un cuerpo muy femenino.

Era diferente... no se parecía a las mujeres de allí. Cualquier texana con aquel cuerpo se habría puesto a régimen o habría vestido de otra manera, para realzar sus encantos y utilizar su cuerpo como arma.

Gabriella no era así. Tenía un porte regio y eso no parecía asustarla. Tal vez estaba tan tranquila porque su guardaespaldas estaba muy cerca, o tal vez porque la historia que le había contado no la afectaba.

Eso lo entristeció, pero Chance no supo por qué.

–¿Puedo ver el lugar en el que comíais?

La voz le tembló un poco, como si estuviese intentando controlar sus sentimientos.

–¿Quieres hacer una carrera? –preguntó Chance, porque no sabía qué más decir.

Había algo que no le cuadraba en la historia que Gabriella le había contado.

Esta sonrió.

–Me encantaría, pero dudo de que Bestia pudiese seguirnos, y a Joaquín no le haría ninguna gracia que lo dejásemos atrás.

Chance se dio cuenta entonces de qué era lo que no le cuadraba.

–Si tu padre es tan testarudo… quiero decir, que si se preocupa tanto por la seguridad de su familia, ¿cómo es posible que Alex no tuviese guardaespaldas aquí?

Gabriella se sonrojó todavía más y Chance se olvidó de lo que acababa de preguntarle y pensó que nunca había visto a una mujer tan bella.

Cara nunca estuvo cómoda montando a caballo.

–Como supongo que comprenderá, señor McDaniel…

–Chance.

–Chance –se corrigió ella sonriendo.

Decía su nombre de tal manera que Chance sintió calor en el vientre y le dio igual que su hermano fuese un mentiroso y su padre un sádico obsesionado con la seguridad. Tampoco le importó que Gabriella lo estuviese engañando. Lo único que quería era saber cómo reaccionaría si la besaba.

–Como supongo que comprenderás, Chance –volvió a empezar–, ni a Alejandro ni a mí nos ha gustado nunca tener guardaespaldas.

–¿Rebeldía adolescente?

Ella asintió.

–Cuando Alejandro empezó a trabajar en Del Toro Energy al terminar sus estudios se fue a vivir a Ciudad de México. Allí tenía guardaespaldas, pero podía ir y venir cuando quería. Salía mucho por las noches, era muy popular.

Gabriella parecía dolida, como si a ella no le hubiesen permitido hacer nada de aquello.

–Aquí también lo era. Es un buen tipo.

O lo había sido.

Ella asintió.

–Me alegra oírlo. Cuando papá quiso que viniera, Alejandro dijo que no lo haría si tenía que venir acompañado de Carlos, su guardaespaldas. Dijo que los estadounidenses no vivían así, pero luego lo secuestraron, así que no sé qué pensar de su teoría.

–Ya hemos llegado –anunció Chance, tomando un pequeño camino que salía del principal.

Por cada respuesta que le daba Gabriella, él tenía tres preguntas más. No entendía para qué había mandado Rodrigo del Toro a Alex a Texas ni por qué lo había hecho con un nombre falso.

Se preguntó si había habido algo real en su amistad con él o si todo había formado parte de su plan. Aunque tampoco entendía qué tenía que ver él con todo aquello. Hasta entonces, nunca había oído hablar de Rodrigo del Toro.

En cualquier caso, no sabía hasta qué punto podía fiarse de lo que Gabriella le contase.

Se detuvo y desmontó junto al arroyo, que casi no llevaba agua porque no había llovido ni nevado lo suficiente durante aquel invierno. Suspiró pesadamente. Llevar al ganado en camiones a lugares más verdes no era barato ni sencillo, pero tenía que hacerlo.

–¿Necesitas ayuda? –le preguntó Gabriella.

Pero todavía no había terminado la frase cuando la vio desmontar. Al parecer, se las apañaba bien sola.

Chance se giró hacia Joaquín.

–¿Y tú?

El otro hombre negó con la cabeza.

–No te preocupes por él –dijo Gabriella–. Controla mejor la situación desde ahí arriba.

–Además, aquí no hay ningún bloque para poder montar después.

–Cierto.

Chance se dio cuenta de que Gabriella y su guardaespaldas se entendían casi sin hablarse, y eso solo se conseguía pasando mucho tiempo juntos. De repente, Chance se preguntó cuántos años tendría Joaquín. Tenía que ser demasiado mayor para ella. No pensaba que Rodrigo del Toro fuese a tolerar que su hija se sintiese atraída por un empleado.

El lugar en el que siempre hacían los picnics

era un claro situado a la orilla del arroyo. Había espacio suficiente para que los caballos pastasen, pero los árboles eran tan altos en aquella zona que protegían del sol en el verano.

–¿Siempre has vivido aquí? –le preguntó Gabriella.

Chance deseó que Franny les hubiese preparado la comida para llevarla allí. No quería volver con ella a la casa, donde seguro que habría alguien escuchando sus conversaciones.

–Sí –respondió él, señalando una rama baja que caía sobre el arroyo–. ¿Ves esa cuerda? Solía columpiarme de ella para saltar al agua. ¿Ves aquel charco de barro? Cuando el arroyo tenía agua era mi lugar preferido para nadar.

Tomó una piedra y la tiró al barro. Hacía muchos años que el arroyo casi no tenía agua.

–¿Venías a nadar aquí con Alejandro?

Él se echó a reír.

–No. Aunque creo que metió los pies en él una vez.

No pudo evitar imaginarse a Gabriella en traje de baño y le preguntó:

–¿Tú nadas?

Ella no respondió inmediatamente, en su lugar, se agachó y tomó una piedra.

–Tenemos una piscina en la finca.

Tiró la piedra y dio de lleno en el charco de barro.

–Yo también hice construir una piscina junto al barracón–le contó, preguntándose si Gabriella se pondría biquini y cómo de pequeño sería este–. La abriremos dentro de un par de meses.

El «si todavía estás aquí» quedó en el aire, aunque Chance tenía muchas dudas de que Gabriella o Alex siguiesen allí en la primavera.

Gabriella se giró hacia él, sonriendo.

–¿Cuándo inauguraste el hotel?

–Hace un par de años. Celebramos bodas y tenemos paquetes de vacaciones.

–¿Y la tierra tiene mucho valor para ti? –volvió a preguntar ella sin inmutarse.

–Lleva en mi familia casi cien años. Soy la décimo cuarta generación de McDaniels que tiene un rancho aquí. Mi trabajo no es el mismo que hacía mi abuelo, pero lo hago bien.

Y las cosas le iban mucho mejor de lo que le habían ido a sus padres, eso era seguro.

Ella lo miró fijamente un segundo o dos, y luego se acercó a Gale, tomó las riendas y se subió a la silla como si llevase haciéndolo toda la vida. Era evidente que no había necesitado su ayuda un rato antes, y él se sintió como un idiota por habérsela ofrecido.

Pero lo había hecho porque había querido tocarla y ver cómo reaccionaba.

Chance montó también y fueron en dirección al barracón.

–Seguro que Franny nos tiene la comida preparada –comentó.

–Cuéntame más cosas de cuando Alejandro venía aquí –le pidió ella.

Y él se dio cuenta de que no lo hacía por darle conversación, sino porque realmente quería tener la información. Y supo que Gabriella no había ido allí a pasar el rato.

Entonces pensó que por mucho que lo atrajese Gabriella del Toro, por conmovedora que fuese su historia, por bien que montase, él tenía que centrarse en limpiar su nombre. Y, en segundo lugar, en intentar averiguar qué le había pasado a su amigo.

—¿Qué quieres saber?

—Has dicho que también era muy popular aquí.

—Sí. Llegó y empezó a gastar dinero con mucha alegría. A algunas personas les extrañó –comentó, él había sido una de ellas–, pero el dinero todo lo puede.

—Es cierto –admitió ella sin sorprenderse con sus palabras. Luego se giró hacia él y le sonrió de oreja a oreja–. ¿Cómo dicen? Ande o no ande, caballo grande.

Él no pudo evitar echarse a reír. Gabriella rio también, aunque parecía un tanto avergonzada.

Chance pensó que hacía mucho tiempo que no se reía. Desde… desde que Alex había desaparecido.

—En realidad, es ande o no ande, burro grande, pero has pillado la idea. ¿Dónde aprendiste a hablar inglés?

Ella se ruborizó.

—¿No se me entiende?

–No, no es eso –intentó arreglarlo Chance–. Es que tienes un acento diferente. No es mexicano, pero tampoco estadounidense. Es muy bonito.

No supo por qué había añadido aquello último.

Bueno, sí que sabía por qué. Por el mismo motivo por el que no debía hacerle ningún cumplido. Porque la atracción que sentía por Gabriella del Toro era irrelevante. Y no debía olvidarlo.

Aunque iba a resultarle complicado.

–A papá no le gustaba el acento estadounidense, así que todos mis tutores eran británicos.

Chance estaba empezando a tener la sensación de que a papá no le gustaba nada que fuese estadounidense en general, lo que no entendía era que hubiese enviado allí a su hijo.

–¿Y los tutores de Alex, también eran británicos?

Porque Alex no tenía aquel acento.

Ella volvió a ruborizarse, bajó la vista.

–Papá pensó que era más importante que Alejandro supiese hablar bien inglés estadounidense de la calle.

Entonces, Rodrigo había criado a su hijo para que fuese… ¿Un topo? ¿Lo educó para que pasase desapercibido en Royal, Texas?

Mientras que sometía a su hija a unos estándares muy diferentes… y la tenía como a un pájaro en una jaula de oro.

Chance detestaba a los hombres como Rodrigo del Toro, hombres que utilizaban a sus familias como si de peones se tratase y, todavía peor, que ocultaban sus manipulaciones tras una fachada de preocupación. Sus padres no habían tenido mucho éxito como rancheros, pero lo habían querido, y se habían querido el uno al otro, y habían hecho todo lo que habían podido por educarlo bien.

Por ese motivo decidió no compartir las cosas que le estaban pasando por la cabeza en aquellos momentos, porque era evidente que, pensase lo que él pensase de aquel tipo, su hija lo quería. Así que Chance se mordió la lengua. No tenía derecho a juzgar a la familia de nadie.

–Bueno, si necesitas que te explique algo, pídemelo –le dijo a Gabriella.

–Lo haré.

Y él vio los establos y pensó que era gracioso, pero que tenía la sensación de que Gabriella lo había dicho como si de verdad pensase hacerlo.

Capítulo Seis

Llegaron a los establos y desmontaron.

–¿Dónde van las sillas? –preguntó Gabriella al ver salir a Marty.

Chance la miró y vio que ya tenía la silla en las manos.

–Dásela a Marty.

–No me importa hacerlo, en casa, me ocupo de mi caballo.

A sus espaldas, Joaquín asintió. Había conseguido desmontar solo y también estaba desatando la cincha de Bestia.

Chance tuvo que admitir que Gabriella no era en absoluto una niña mimada.

–Dásela a Marty –le repitió.

Ella lo miró de manera desafiante y él añadió:

–Franny ya nos está esperando con la comida.

Gabriella cambió de actitud al oír aquello.

–Ah… se me había olvidado. Siempre arreglo a Ixchel.

Ambos se dirigieron hacia el barracón.

–¿Qué significa ese nombre?

–Ixchel es la diosa maya de la asistencia en los partos y, en menor medida, de la medicina.

–De acuerdo.

Chance no había oído hablar de aquello en toda su vida, pero no iba a decirlo.

Aunque no hizo falta.

–No es tan distinto a ponerle el nombre de la fundadora de la enfermería moderna, Florence Nightnigale.

Él debió de fulminarla con la mirada, no pudo evitarlo.

Gabriella se echó a reír.

–Aunque apuesto a que lo que tenías en mente era la canción.

–Sí, eso es.

Llegaron a las puertas del barracón. Chance le abrió la puerta, pero Joaquín, que los había seguido todo el tiempo, insistió en que Chance entrase el segundo.

–Oh –murmuró Gabriella sorprendida al entrar.

–En realidad no es un barracón –le explicó él–. El antiguo barracón se estaba cayendo, así que lo tiré entero e hice construir este.

Gabriella giró sobre sí misma y miró la lámpara de araña antes de clavar la vista en la chimenea de piedra.

–Utilicé arenisca roja para la chimenea y las lámparas las hizo un tipo que conozco.

–Increíble –comentó ella, volviendo a girar–. ¿Vives aquí?

–No. Mi casa está a unos kilómetros de aquí, en los pastos. Es la casa en la que crecí.

–Ah, ¿tú también vives con tus padres?

La pregunta casi lo divirtió. Si una mujer estadounidense hubiese hecho aquella pregunta la habría hecho con desdén, pero no fue el caso de Gabriella, que más bien parecía contenta de tener aquello en común con él.

–Mis padres fallecieron cuando yo estaba en la universidad. Soy el único McDaniel que queda.

Quizás no debía haberlo dicho así, porque Gabriella lo miró con sus enormes y bonitos ojos llenos de lágrimas. Alargó la mano y la apoyó en su brazo por segunda vez aquel día.

–Lo siento… No lo sabía.

Él deseó tocarla también, poner la mano sobre la suya, sentir su piel.

Una luz brilló en el cuello de Gabriella, y Chance se fijó por primera vez en el collar que llevaba puesto, una sencilla cruz de plata.

Se acercó más y se dio cuenta de que el collar no era tan sencillo. La cruz tenía en el centro una esmeralda exquisitamente labrada.

Gabriella se dio cuenta de lo que Chance estaba mirando y echó la cabeza hacia atrás para que pudiese verlo bien. Él se olvidó del collar hasta que la oyó decir:

–Los pendientes son a juego.

Entonces, apartó la vista del pecho y la subió a las orejas. Las cruces eran como las del collar, y también tenían una esmeralda perfecta en el centro.

–Son increíbles.

–Gracias –respondió ella, ruborizándose.

Y Chance pensó que era muy inocente. Dulce e inocente, y que en su tono de voz había cierto orgullo.

–¿Lo has hecho tú?

–Sí. A eso me dedico.

–¿Haces joyas? –le preguntó, sorprendido.

–Sí.

Gabriella se quitó un pendiente y después el otro, después, con mucha rapidez, hizo lo mismo con el collar. Estaba completamente vestida, por supuesto, pero solo con verla quitarse las joyas Chance pensó que aquel había sido uno de los momentos más eróticos de toda su vida. Había algo en la situación que era muy íntimo… casi prohibido.

–Tienen truco –dijo ella, acercándose a la mesa que había en el centro del recibidor–. Las piezas se entrelazan.

Chance vio cómo movía los dedos con agilidad para unir las tres cruces.

–Tardé meses en idearlo.

Levantó el trío de cruces y lo sacudió suavemente. No se separó.

–¿Tú has hecho eso?

–Las tres cruces –le dijo ella, sonriendo–. Tres Cruces es el nombre de mi negocio.

Le puso la pieza en la mano y le dio la vuelta.

–Esta es mi marca.

Señaló una pequeña muesca en la parte trasera de cada pieza separada y Chance vio las tres cruces perfectamente alineadas «tTt».

–No sabía que estabas tan bien dotada.

Demasiado tarde, Chance se dio cuenta de que era un cumplido con doble significado.

–Quiero decir, que no sabía que trabajases con la artesanía. Por supuesto que sabía que tenías talento, me di cuenta cuando te oí hablar tan bien en francés.

Gabriella se echó a reír y él se sintió como un tonto.

–Sí, será mejor que me calle ya. Me estoy poniendo yo solo en ridículo. ¿Por qué no me haces un favor y me salvas de mí mismo? Háblame de tu negocio.

En ese momento pasó por su lado Carlotta, una de las recepcionistas.

–Buenos días, señor McDaniel.

–Buenos días, Carlotta –respondió él, devolviéndole a Gabriella las tres cruces y obligándose a separarse un poco de ella.

No quería que Joaquín le diese un puñetazo ni tampoco que se corriese el rumor de que le gustaba Gabriella.

A Chance no le interesaban las relaciones de una noche, ni de una tarde. No quería ser el último McDaniel, pero por el momento no había encontrado a la mujer adecuada, que quisiera adaptarse a su modo de vida. Cara Windsor no lo había hecho, aunque, durante un tiempo, Chance había pensado que lo intentaría, pero eso había sido antes de que Alex Santiago llegase y pusiese toda su vida patas arriba.

–Carlotta, ¿puedes avisar a Fran de que estamos aquí?

La recepcionista miró a Gabriella con curiosidad antes de responder:

–Sí, señor.

Chance la vio marchar y se preguntó cuánto tardaría en correrse la voz de que Gabriella estaba allí, y si alguien se creería que no iba a intentar conquistarla.

Suspiró pesadamente. Otra sórdida historia más en su vida. Primero había secuestrado a su mejor amigo y lo había dejado tirado en la frontera, y después había intentado flirtear con su hermana, sin duda, aprovechándose de su inocencia. ¿Qué sería lo siguiente? ¿Derrocar al alcalde? ¿Llevar a cabo prácticas satánicas en la finca? Estaba empezando a cansarse de que la gente pensase lo que quisiese pensar de su vida. Había tenido la esperanza de que las cosas irían mejor cuando Alex había aparecido, pero dado que este no recordaba nada, no había podido demostrar que Chance no había tenido nada que ver con su desaparición.

Se obligó a volver al presente, pero fue duro. Gabriella lo aturdía con demasiada facilidad.

–El restaurante está por aquí.

Guio a Gabriella y a Joaquín hasta donde estaba el restaurante, que no era gran cosa, pero funcionaba bien gracias a la cocina de Franny.

Chance acompañó a Gabriella, con Joaquín pegado a sus talones, a las dos mesas que había en un rincón. Era un día tranquilo. Habían llegado varias personas para la boda del día siguiente, pero casi todas estaban ocupadas con los preparativos.

Así que, prácticamente, tenían el comedor para ellos solos.

–Las mesas son bastante pequeñas –comentó Gabriella arqueando una delicada ceja.

–Es que nos gusta que el ambiente sea íntimo, así que Joaquín se sentará en esta otra mesa.

Chance vio cómo se miraban Gabriella y su guardaespaldas, pero no le importó. Estaba seguro de que Joaquín era un tipo estupendo, pero él quería poder tener una conversación con Gabriella sin que el otro hombre lo matase todo el tiempo con la mirada. Además, Gabriella estaba sonriendo.

–Desde ahí, podrás ver toda la habitación, pero intenta no disparar a nadie, ¿de acuerdo?

Joaquín lo miró mal.

Franny llegó de la cocina, limpiándose las manos en el delantal. Era una mujer grande, de unos cincuenta y tantos años, sus hijos eran mayores y vivían en Houston. Así que se había dedicado a cuidar de Chance. Y Franny no solo no se creía los rumores, sino que habría golpeado con una cuchara de madera a cualquiera que se hubiese atrevido a hablar del tema en su presencia.

–Has tardado mucho en llegar –empezó, señalando a Chance con un dedo acusador–. Bout pensaba que iba a tener que comerme todo el pollo yo sola.

Luego miró a Gabriella y sonrió cariñosamente.

–Vaya, ¿es esta la hermana de nuestro Alex?

Gabriella miró a Chance, parecía incómoda, aunque seguro que Franny no se había dado cuenta.

–Hola. Sí, soy… la hermana de Alex. Gabriella del Toro.

Y le tendió la mano.

Pero en vez de darle la suya, Franny le dio un fuerte abrazo. Gabriella dejó escapar un grito.

–Me alegro mucho de conocerte. Estábamos tan preocupados por Alex… Ese chico es casi de la familia.

Fran la soltó por fin y se limpió una lágrima.

–Me preocupaba que lo hubiese secuestrado un cártel de la droga o algo así, la violencia va subiendo hacia el norte cada año un poco más. Y después, cuando intentaron acusar a nuestro Chance… ¡Y todo por una mujer! –terminó riendo.

–Sí, lo sé, pero no pensamos que fuese un cártel –respondió Gabriella en voz baja.

Chance tampoco había pensado que un cártel hubiese encargado el secuestro de Alex, pero también era cierto que siempre había pensado que su amigo era un tipo sincero.

¿Qué pensaría Gabriella? Seguro que había oído los rumores, e incluso era posible que los agentes que estaban investigando el caso le hubiesen contado que él era sospechoso. ¿Creería ella que era verdad?

Maldijo a Alex Santiago y a Alejandro del Toro. A los dos. Si este hubiese sido sincero desde el principio no habría pasado nada de aquello. Si pudiese acordarse de algo, de lo que fuese, Chance podría continuar con su vida.

—¿Y quién es este magnífico espécimen? —añadió Franny, que acababa de fijarse en Joaquín—. ¡Dios mío!

Se acercó a él y le apretó el bíceps.

—Hola. Soy Fran.

Gabriella rio y Joaquín se puso colorado como un tomate. Era la mayor reacción que Chance le había visto desde que lo conocía.

—Encantado —dijo Joaquín.

—Ahora, poneos cómodos y os traeré la comida.

Fran le guiñó un ojo a Chance y empujó a Gabriella para que se sentase a la mesa con él.

—¡Preparo el mejor pollo frito de todo el estado!

Cuando se hubo marchado, Gabriella miró a Chance, siguió mirándolo mientras este la ayudaba a sentarse y también mientras ocupaba la silla que había enfrente de la suya. Su mirada no era desconfiada, pero era evidente que Franny había dicho algo que no le había gustado.

Pero Gabriella esperó hasta que Franny hubiese llevado unas ensaladas y té con hielo para ambas mesas antes de hablar.

–¿Qué ha querido decir Franny con eso de todo por una mujer?

Él pensó lo que iba a decir antes de contestar.

–Alex tenía una amiga.

Aquella no era la respuesta que Gabriella había esperado.

–¿Te refieres a Cara Windsor, la hija del dueño de Windsor Energy?

¿Era eso? Chance había oído decir que el motivo por el que Alex había ido a Royal había sido Windsor Energy. Y tenía sentido. Tal vez Rodrigo del Toro había querido investigar a la competencia del otro lado de la frontera. Espionaje industrial.

¿Sería por eso por lo que Alex había salido con Cara? La idea hizo que le ardiese la garganta y tuvo que beber un poco del té de Franny para refrescársela. A Cara le había caído en gracia Alex, tanto, que él había pensado que lo más sensato era quitarse del medio y dejar actuar a la naturaleza. En esos momentos se preguntaba si también aquello habría sido una mentira.

–Eso no tuvo nada que ver con la desaparición de Alex –dijo sin pensarlo.

–Pero tú habías estado saliendo con Cara Windsor –respondió Gabriella en voz baja, como si no quisiera que Joaquín la oyese.

–Sí, salimos juntos, pero ella estaba loca por tu hermano, así que yo di un paso atrás. Me importaban los dos. Pensé que podrían ser felices juntos.

En esos momentos se sintió como un tonto.

Alejandro del Toro había sido un topo desde el principio. Chance lo había acogido en su vida, en su casa e incluso en el Club de Ganaderos de Texas, como a un amigo. Le había entregado a su chica en nombre del honor y de la amistad. Y no solo había salido perdiendo él, sino Cara también.

–Estás enfadado –observó Gabriella, sin intentar reconfortarlo.

–Sí, estoy muy enfadado. Pensé que tenía un amigo, pero no era más que un personaje imaginario llamado Alex Santiago. Entonces, este desapareció y todo el mundo me señaló a mí, incluso me acusaron de haberlo matado porque me había quitado a Cara. Pues estoy disgustado por Cara. Porque me importaba, me importaba lo suficiente como para dejarla marchar, y nos ha hecho daño a los dos. Tal vez, si hubiese luchado por ella, Alex no nos habría arruinado la vida a ninguno de los dos.

De repente, se sentía como un cretino, pero lo cierto era que estaba furioso. Llevaba demasiado tiempo conteniéndose.

Esperó. Gabriella tendría algo que decir. ¿Lo negaría todo? ¿Defendería a su pobre hermano? ¿Lo acusaría a él de ser culpable?

Eso era exactamente lo que Chance quería, que le diese un buen motivo para odiarla, para odiar a toda la familia Del Toro. Ni siquiera le importaría pegarse con Joaquín. Estaba tan cansado de defenderse sin haber hecho nada malo. Absolutamente nada.

Franny volvió con el pollo frito y Chance aprovechó la oportunidad para atacar. Había pocas cosas en el mundo mejores que el pollo frito de Franny. Algunas personas la habían animado a abrir su propio restaurante, pero por el momento Chance había conseguido retenerla ocupándose de todos los detalles. Él ponía el personal, el local y hacía las cuentas. Franny solo tenía que cocinar, y a él le parecía bien.

—¿Cómo estáis? —preguntó, recogiendo los platos de ensalada casi sin tocar.

Habló en tono alegre, pero Chance se dio cuenta de que estaba preocupada.

Él tenía que tranquilizarse si no quería que Gabriella se marchase a casa corriendo.

—Mejor ahora que nos has traído el pollo.

—Empezad a comer —dijo esta, dándole una palmadita en el brazo antes de girarse para flirtear, sí, flirtear, con Joaquín.

Gabriella la observó divertida.

—Me parece que nunca había visto a Joaquín ruborizarse tanto desde que lo conozco —comentó en voz baja.

A Chance le gustaba que hablase en voz baja, le gustaba que solo quisiese que lo oyese él.

–¿Y eso es malo?

Chance jamás se lo perdonaría si le ocurría algo malo a Franny.

–No, no lo creo.

Él empezó a ponerse de mejor humor.

–Bueno, háblame de las Tres Cruces. ¿También habías hecho tú el conjunto color turquesa que llevabas el lunes?

Ella asintió. Parecía haberle gustado que se acordase de aquello.

–Era muy joven cuando mi madre murió –empezó.

Por un instante, a Chance le dio miedo haber hecho la pregunta equivocada, pero Gabriella no tardó en continuar:

–Tengo muy pocos recuerdos de ella, pero se me quedó que le gustaba hacer rosarios para regalar en la iglesia en Navidad. Me dejaba escoger las cuentas y me ayudaba a ensartarlas. Cuando se me caían, porque siempre se me caían, se echaba a reír y jugábamos a ver quién recogía más cuentas en menos tiempo.

Su voz era alegre, parecía la voz de una niña perdida en un pensamiento que la hacía feliz.

–De eso me acuerdo muy bien.

Gabriella sonrió y Chance se dio cuenta de que aquel debía de ser su recuerdo más preciado, y lo estaba compartiendo con él. Eso hizo que desease abrazarla, comprarle más cuentas y volver a llevarla a montar a caballo, para que pudiese tener más buenos recuerdos.

–Entonces, ¿aprendiste de ella?

–En cierto modo. Me hacía sentirme más cerca de ella. Me dediqué a ensartar cuentas durante un tiempo, pero pronto me quedé sin ideas y quise probar algo nuevo. Papá me animó, así que con solo diez años aprendí a soldar con uno de los jardineros.

Chance silbó.

–¿Ya soldabas con diez años? Estoy impresionado.

–Alejandro solía burlarse de mí –comentó, con la mirada brillante–. Yo siempre tenía los dedos manchados y la ropa quemada. ¡Había que verme los domingos en misa!

Se echaron a reír, la tensión había desaparecido por completo. Chance se dijo que tal vez estuviese equivocado con respecto a Rodrigo del Toro. No muchos padres habrían permitido que sus hijas se pusiesen a trabajar con metal a una edad a la que la mayoría de las chicas todavía se dedican a jugar con muñecas y a pintarse las uñas.

–Así que llevas años haciendo joyas.

–Pero no siempre lo he hecho bien –admitió ella.

–Tenías que haber visto la primera cerca que puse yo, estaba completamente torcida.

Ella sonrió.

Chance pensó que era inteligente, guapa y tenía talento. Si las cosas hubiesen sido diferentes, habría hecho mucho más que llevarla a montar a caballo e invitarla a comer pollo frito. La habría invitado a una cena con velas, a un buen vino, habrían vuelto a casa muy despacio... pero era una pena que las cosas no fuesen diferentes.

–¿Y lo haces todo a mano? –le preguntó.

Ella asintió mientras comía.

–Expongo en Ciudad de México. Casi todas mis obras son creaciones únicas y trabajo mucho por encargo. Más que suficiente para mantenerme ocupada.

–¿Aquí estás trabajando?

–No.

Por la forma en que lo dijo, Chance se dio cuenta de que lo echaba de menos.

–Pensé que no estaríamos en Estados Unidos tanto tiempo, así que no traje el material ni las herramientas. Al parecer, me equivoqué.

A él no le extraño que pareciese estar deprimida. Tenía la sensación de que en México se pasaba el día montando a caballo y haciendo joyas, pero ¿y en casa de Alex? No tenía acceso a ninguna de esas cosas.

–Puedes venir a montar cuando quieras –le ofreció–, llámame. Mañana hay una boda, pero buscaré un hueco para dar un paseo contigo.

Ella lo miró con sincero agradecimiento.

–Gracias.

Después, se inclinó hacia delante.

–Tengo que admitir que tenía celos de Alejandro porque había venido a Estados Unidos, pero esta es la primera vez que salgo de la casa y veo algo.

–Puedo enseñarte la zona. Teniendo en cuenta lo pequeño que es Royal, hay muchas cosas que hacer. Y tenemos buenos restaurantes –le aseguró en voz baja.

Ella no respondió. En su lugar, lo miró fijamente, con una sonrisa en los labios.

–¿Me estás invitando a cenar?

–Estoy seguro de que Alex querría que su hermana pequeña se lo pasase bien en Texas, que conociese la zona y esas cosas. No tiene mucho sentido venir a Estados Unidos para estar encerrado en una casa.

–Joaquín tendrá que venir también.

–Por supuesto.

Chance intento decirlo como si no tuviese mucha importancia. Al fin y al cabo, si era lo que hacía falta para sacarla de la casa, que así fuese.

Sabía que no podía confiar en Gabriella del Toro y que esta solo estaría allí hasta que Alex se acordase de quién lo había secuestrado, pero había desensillado sola al caballo, le divertía soldar y hablaba tres idiomas.

Y parecía querer cenar con él.

–Me parece –dijo ella, con algo nuevo en la voz, dulzura, pero al mismo tiempo algo parecido al deseo–, que salir a cenar sería maravilloso.

Sí. Maravilloso.

Lo mismo que ella.

Capítulo Siete

¿Cuándo había sido la última vez que había tenido una cita?

Gabriella se hizo aquella pregunta en el camino de vuelta de casa de Alejandro. En realidad, nunca había tenido una cita. Se había besado con alguno de los chicos que trabajaban en los establos, pero casi siempre lo había hecho para rebelarse contra su padre. Y nunca había ido más allá de los besos, a ellos les había preocupado todavía más que a ella que pudiesen sorprenderlos.

Lo más parecido que había tenido a un novio había sido Raoul Viega. Al que le había dedicado el primer baile en la fiesta de su décimo quinto cumpleaños. Una fiesta en la que todo había estado planeado, incluidos los compañeros de baile.

Raoul tenía la misma edad de Alejandro y habían ido a la misma universidad, había sido su acompañante en las cenas formales de Del Toro Energy y en las cenas de Los Pinos, la finca del presidente.

Se había besado con Raoul. En alguna ocasión porque ella había querido hacerlo, a menudo, porque la había besado él, pero, sobre todo, porque cada beso le había parecido un pequeño acto de rebelión. Un desafío para Joaquín, que siempre informaba a su padre acerca de todo lo demás.

Pero Joaquín nunca le había contado exactamente a su padre cómo eran sus citas. Y Raoul se había aburrido de los simples besos y de la presencia de Joaquín, así que no había tardado en acompañarla solo cuando tenía que hacerlo por educación. Hacía ocho meses que Gabriella no lo veía, se habían encontrado en la inauguración de una galería de arte y él había ido acompañado de una bella rubia.

Gabriella había ido con su padre.

Se había sentido fatal. Alejandro estaba en Texas, sin guardaespaldas, sin vigilancia, y ella, encerrada en Las Cruces, yendo a los sitios con Joaquín y con su padre. Sabía que no tenía ningún derecho a quejarse, nunca había pasado frío ni hambre, nunca la habían tratado mal, pero, no obstante, se había deprimido después de aquello. No quería estar todavía más sola, más apartada del resto del mundo.

Y no quería aceptar las condiciones de su padre, por buena que fuese su intención.

Por eso estaba en Texas y por eso había comido con Chance McDaniel, porque había puesto sus condiciones.

A Raoul siempre le había enfadado la presencia necesaria de Joaquín y había hecho comentarios groseros acerca del guardaespaldas para que este pudiera oírlos. Tal vez aquel era el motivo por el que Joaquín nunca los había dejado solos el tiempo suficiente como para que ocurriese nada más allá de los besos.

¿Pero Chance? Eso era diferente. Era evidente que a Chance tampoco le encantaba la presencia de Joaquín, pero había conseguido lidiar con él de manera admirable.

Gabriella miró a Joaquín. Iba tamborileando el volante con los dedos mientras conducía de vuelta a casa de Alejandro. Ella se inclinó hacia delante y lo oyó canturrear.

Sonrió encantada. Joaquín no iba a decirlo en voz alta, pero era evidente que también lo había pasado bien. ¿Qué le habría gustado más, el paseo a caballo o la comida? ¿O tal vez Franny, la cocinera?

Estupendo. Si Joaquín lo había pasado bien y su propia seguridad no había corrido ningún peligro, ni siquiera a pesar de los fuertes abrazos de Franny, no había ningún motivo para que no pudiesen volver a McDaniel's Acres otro día.

Por primera vez desde que había llegado a Texas, Gabriella se sintió feliz. Al fin y al cabo, aquel era el motivo por el que había ido, para salir de la finca y ver algo nuevo. Para saborear la libertad de la que Alejandro había disfrutado durante dos años.

Todavía estaba en aquel estado de placidez

cuando llegaron a casa y Joaquín la acompañó dentro. Al principio no notó nada extraño, pero entonces lo oyó, era una voz profunda, masculina, que procedía de la cocina.

Corrió hacia allí y se encontró a Alejandro sentado a la mesa. Se había duchado y afeitado y se había puesto una camisa blanca y unos vaqueros limpios. Se estaba tomando una taza de café y charlaba con María, la señora de la limpieza, como si aquel fuese un viernes normal y corriente. Cuando ella entró en la cocina, la miró y sonrió como si supiese quién era.

–¡Alejandro! –fue lo único que pudo decir Gabriella antes de lanzarse a sus brazos.

La garganta se le cerró y se puso a llorar. Había vuelto, era el hermano al que ella recordaba y no el extraño que había salido del hospital.

Todavía aferrada a su cuello, esperó a que Alejandro le diese alguna señal de que realmente se acordaba de ella. Por un momento no ocurrió nada, y ella empezó a perder la esperanza. No había cambiado nada, salvo que Alejandro había salido de la habitación. Eso era todo.

Pero entonces este le dijo:

–Hola, hermanita.

Y le devolvió el abrazo.

–Te he echado de menos.

–¿Me conoces? –le preguntó ella, intentando guardar la compostura.

Entonces se echó a hacia atrás y lo miró a los ojos, y era él, su hermano.

–Jamás podría olvidarme de mi hermana pequeña.

Gabriella estuvo a punto de ponerse a llorar. Alejandro estaba allí.

–Me tenías tan preocupada –le dijo, volviendo a abrazarlo–. Tienes que contarme lo que recuerdas.

Y, sin poder evitarlo, añadió:

–Tienes que decirme si Chance McDaniel tuvo algo que ver.

El rostro de Alejandro se ensombreció y ella sintió que lo perdía. Era como si hubiese estado fingiendo.

Recordó aquella mañana, cuando a Alejandro le había cambiado la mirada al oír el nombre de Chance. Ella había pensado que su hermano no quería contarle la verdad entonces, pero ¿y en esos momentos?

¿Y si en quien no confiaba era en Chance? ¿Tendría miedo Alejandro del que había sido su amigo?

Entonces, este le preguntó:

–¿Has ido a montar a caballo?

–Sí –respondió ella, confundida y nerviosa.

Se apartó de él y se sentó al otro lado de la mesa.

–Ah, ¿has ido a montar a caballo con Chance? Organiza paseos en grupo con frecuencia –comentó María, dejando una taza de café bien cargado delante de Gabriella.

–Muchas gracias –le dijo esta.

Hasta entonces, María había sido prácticamente su mejor amiga en Texas, la única mujer con la que había hablado.

Pero en esos momentos tenía muchas cosas de las que hablar con su hermano y prefería hacerlo en privado.

–Estaba contándole unas cosas a Alex –continuó María mientras limpiaba la encimera–. ¡La lavadora!

Y los hermanos se quedaron solos. Bueno, Joaquín seguía estando allí, pero eso no importaba. Gabriella quería preguntarle muchas cosas a Alejandro, pero no quería agobiarlo ni hacer que volviese a cerrarse. Así que le dio un sorbo a su café antes de preguntar:

–¿Has hablado ya con papá?

–No –respondió este sin mirarla a los ojos–. Creo que está reunido.

Gabriella notó decepción en su voz. Alejandro había decidido bajar, había sido una decisión consciente, y su padre no se había molestado en saludarlo.

–Estaba muy preocupado por ti –le aseguró–. Todos lo estábamos.

–Yo… no quería preocuparos.

Gabriella volvió a tener la sensación de que su hermano estaba midiendo las palabras.

–Me alegro de que estéis aquí –añadió.

Ella se preguntó si estaría incómodo por la presencia de Joaquín, aunque Alejandro sabía que podía confiar en él.

–Joaquín, por favor, ve a decirle a papá que Alejandro se encuentra mejor.

A Alejandro pareció gustarle la decisión, pero no sonrió. Por su parte, Joaquín tardó en moverse, como si no supiese lo que debía hacer. Era su guardaespaldas, pero le debía obediencia a Rodrigo del Toro. Era evidente que se estaba debatiendo entre ir a buscar a su jefe y quedarse a escuchar la conversación.

–Por favor –insistió ella–. Papá querrá saber que Alejandro se ha levantado.

El guardaespaldas asintió por fin y salió de la habitación. Gabriella y Alejandro se quedaron sentados en silencio, pero ella pensó que no podía desaprovechar aquel momento.

–Cuéntame qué recuerdas.

–No mucho –respondió él, pasándose una mano por la barbilla.

–¿Sabes quién soy?

–Mi hermana, Gabriella.

–¿Y sabes quién es Joaquín? ¿Te acuerdas de papá?

–Sí –contestó él sin dudar y sin apartar la mirada de sus ojos.

–¿Sabes cuál es nuestra empresa?

–Del Toro Energy.

Ella se dijo que aquella mañana Alejandro debía de haber estado fingiendo. De hecho, era probable que llevase un tiempo fingiendo, pero ¿cuánto?

–¿Te acuerdas de Chance McDaniel?

Al oír aquello, Alejandro parpadeó y cerró los puños.

–La verdad es que no –balbució.

Pero ella tuvo la sensación de que mentía.

–¿Y de Cara Windsor? ¿Y de Windsor Energy?

Alejandro se quedó inmóvil.

–He oído los rumores –continuó Gabriella–, que le robaste la novia a Chance y que por eso él te secuestró y te llevó de vuelta a México, que fue una venganza. ¿Fue eso lo que ocurrió?

Pero antes de que a Alejandro le diese tiempo a responder, su padre entró en la cocina seguido de Joaquín.

–¡Alejandro!

Lo abrazó con semejante fuerza que Alejandro se puso colorado.

–Hay que llamar a los médicos y a la policía –dijo Rodrigo–. Encontraremos a las personas que te hicieron esto y se lo haremos pagar.

Alejandro miró a Gabriella con preocupación. Había respondido a sus preguntas, sí, pero era evidente que no quería responder más preguntas, ni delante de una mayor audiencia.

–Papá –dijo ella, apoyando una mano en su brazo–. Alejandro está empezando a sentirse bien. Tal vez sería mejor esperar un par de días más antes de que las autoridades lo interroguen. No queremos arriesgarnos a empeorar las cosas.

Su hermano la miró agradecido y Rodrigo se controló.

–Sí, sí, por supuesto. Ven, hijo, siéntate. Tómate un café.

Entonces María volvió a la cocina y todos se pusieron a charlar mientras María cocinaba, aunque no consiguieron que Alejandro les contase nada más.

María se marchó y Rodrigo estaba hablando por teléfono cuando Gabriella tuvo la oportunidad de hacer una pregunta que llevaba deseando hacer toda la tarde.

–Alejandro –le dijo, intentando hablar con naturalidad, consciente de que Joaquín la estaba escuchando–. Sé que no recuerdas mucho, pero hoy he ido a montar a caballo con Chance McDaniel y me ha enseñado un lugar en el que solíais hacer picnics.

Él hizo un gesto que le recordó a cuando la sorprendió besándose con un chico.

–El caso es que Chance me ha invitado a que vuelva a montar a caballo y también a cenar. Con Joaquín, por supuesto.

–¿En serio?

No parecía preocuparle que pasase más tiempo con Chance McDaniel, aunque sí que se había quedado pensativo.

–Y estaba pensando que, dado que tú no te acuerdas de nada, lo mejor será que vaya e intente averiguar si tenía algún motivo real para querer hacerte daño.

Alejandro sacudió la cabeza, dejando claro que no estaba de acuerdo con aquello.

Ella oyó gritar a su padre a lo lejos. Al parecer, la llamada no había ido como había previsto. Consciente de que tal vez no tendría otro momento de tranquilidad para hablar con su hermano, se levantó y, al pasar por su lado para rellenarle la taza de café, le susurró al oído:

–Tus secretos están a salvo conmigo.

Él asintió brevemente y entonces Rodrigo volvió a la cocina.

Gabriella mantendría su promesa. No le contaría a nadie que Alejandro ya llevaba un tiempo encontrándose mejor, y él le debería una.

No obstante, eso no significaba que no fuese a intentar averiguar un poco más.

Incluido si Chance McDaniel era capaz de recurrir a la violencia para recuperar a Cara Windsor.

Capítulo Ocho

Chance observó cómo el todoterreno negro se acercaba por el prado. La boda se había terminado, era lunes por la tarde y el hotel estaba completamente vacío. Aquello era lo más parecido a tiempo libre que podía tener.

Y lo iba a pasar con Gabriella del Toro.

Pero no estaba contento porque viniese a su rancho. Que él supiese, la había mandado su autoritario padre para buscar «pruebas» de su culpabilidad.

Lo que no sabía Chance era por qué tenía tantas ganas de dar otro paseo a caballo con ella. Tal vez pudiesen echar una carrera. Después, cenarían. No había querido arriesgarse, así que iban a volver a tomar la comida casera de Franny, que iba a cocinar unos buenos filetes y que había comentado que Gabriella parecía «un cielo».

Entonces Joaquín abrió la puerta trasera del coche y las largas piernas de Gabriella salieron de él. Llevaba botas grises de vaquera, unos pantalones vaqueros oscuros ajustados, cinturón negro y una camisa vaquera de color más claro. Chance se quedó boquiabierto al ver que sacaba un sombrero de paja y se lo ponía sobre el pelo moreno, que había vuelto a peinarse en una trenza. Aparte de eso solo llevaba las tres cruces otra vez.

Las dos veces anteriores le había parecido más una princesa, pero aquel día... aquel día era una vaquera. Rodeó a su guardaespaldas y lo vio a él al otro lado de la puerta del establo. Entonces sonrió de oreja a oreja.

Chance pensó que tenía un problema. Hasta entonces Gabriella le había parecido guapa, refinada, pero en esos momentos parecía más dura, más dispuesta a hacer carreras.

Mucho más preparada para montar a caballo.

—No has podido evitar venir, ¿eh? —le dijo.

—Sabía que Gale me echaría de menos, a mí, y a mis zanahorias —respondió ella acercándose.

Anduvo más deprisa de lo que a él le habría gustado. Se movía con una gracia de la que Chance quería disfrutar y supuso que habría menos posibilidades de que Joaquín lo dejase ciego si miraba a Gabriella desde una cierta distancia.

—Todavía no la he ensillado.

Lo había hecho a propósito para ver cómo lo hacía ella.

—Bestia ya está preparada —le dijo a Joaquín.

Gabriella arqueó una ceja y aceptó el reto.

—Ven —le dijo él, señalando con la cabeza hacia donde estaba Gale.

Ella caminó a su lado. Sus manos estaban tan cerca que habrían podido tocarse, y Chance tuvo la sensación de que podía sentir el calor de sus dedos, pero Joaquín los seguía de cerca, así que no quiso arriesgarse.

La llevó hasta donde estaba Gale. La silla estaba apoyada en la puerta de su compartimento. Dentro había un cubo con una almohaza.

Cuando Chance se quiso dar cuenta, Gabriella tenía la almohaza en la mano y estaba cepillándole el lomo a Gale, susurrándole palabras en español.

Su voz era poesía pura. Nunca cepillar a un caballo le había parecido a Chance tan… sensual.

Gabriella puso la manta en el lomo de Gale y después, sin dudarlo un instante, le colocó la montura encima.

Lo hizo a la perfección.

Chance la vio apretar la cincha y agarrar las riendas. Cuando Gabriella se giró a mirarlo, la sonrisa de su rostro no era un gesto de victoria. Había sabido perfectamente lo que hacía y había superado con creces las expectativas de Chance.

¿Qué podía esperar de ella en la cama?

A sus espaldas, Joaquín se aclaró la garganta.

Y Chance volvió a pensar que aquello se estaba complicando.

A Gabriella no parecía preocuparle el enorme tipo con la pistola. En su lugar, solo parecía tener ojos para Chance.

–¿Qué te gustaría enseñarme hoy, Chance? –le preguntó.

Él la oyó decir su nombre y se sintió victorioso. La reacción de su cuerpo fue instantánea.

No obstante, gracias a los vaqueros, las chaparreras y el cinturón era poco probable que nadie se diese cuenta de que estaba incómodo.

–Te tengo una sorpresa preparada –le dijo a Gabriella, observando cómo contoneaba las caderas mientras salía a la luz del sol.

Ella se quedó inmóvil y Joaquín se puso tenso. Y Chance se dio cuenta de que tal vez pensasen que las sorpresas eran algo malo, así que añadió:

–Una parte distinta del rancho, la que no ven los turistas. Quiero que conozcas a Slim.

Ella volvió a sonreír, con cautela.

–¿Slim? ¿Es un hombre o un animal?

–Es un hombre –le respondió él, sujetando las riendas de Gale para que pudiese montar–. Es lo que en Texas llamamos un viejo gruñón.

Gabriella subió a la montura sin ningún problema y él se vio obligado a observar su trasero. No pudo evitar desear acariciarlo.

Idea que hizo que se sintiese todavía más incómodo dentro de los pantalones vaqueros.

Gabriella volvió a reír.

–No estoy segura de haberte entendido. Me lo tienes que enseñar.

Chance quería enseñarle muchas cosas, pero había algunos problemas, problemas todavía más grandes que Joaquín, que había conseguido montar a Bestia él solo.

Problemas como la falta de memoria de Alex, como que la mitad del pueblo siguiese pensando que él había intentado deshacerse de Alex por una mujer, como que Rodrigo del Toro lo odiaba.

Además de aquellos, Chance tenía todavía más problemas. Tal vez Alex recuperase milagrosamente la memoria y él pudiese volver a ser Chance McDaniel en vez del personaje de ficción en el que se había convertido.

Tenía la sensación de que a Alex no le habría gustado saber que estaba teniendo pensamientos impuros acerca de su hermana pequeña.

Aquello no podía salir bien.

–Vamos.

Chance estaba seguro de que aquello podía estallarle en la cara el cualquier momento, pero no iba a dejar de intentarlo.

Gabriella cabalgó al lado de Chance. No podía borrar la sonrisa de su rostro y lo sabía. Aquel lunes, la brisa olía a primavera y todo parecía estar más verde.

Incluidos los ojos de Chance. No podía dejar de mirarlo a los ojos cuando él le enseñaba algo. Tomaron un camino diferente al de la vez anterior, un camino que pronto se hizo más ancho y en el que había marcas de neumáticos.

Así que, fuese donde fuese adonde Chance la llevaba, no era un lugar secreto y escondido del resto del mundo. Eso era bueno.

A Gabriella le había sorprendido que Joaquín no hubiese reaccionado al oírle decir a Chance que su destino para aquel día era una sorpresa.

En cualquier caso, parecía que iban a algún lugar con buen acceso y bastante transitado.

−¿Qué tal se encuentra Alex hoy?

La pregunta parecía inocente, y sincera, pero Gabriella dudó. Rodrigo había insistido en que, fuera de la familia, nadie supiese que Alejandro se estaba recuperando. Temía que, si se corría la voz, volviesen a intentar secuestrarlo.

−Más o menos como siempre −mintió, sintiéndose fatal.

Chance pareció creerla porque, en vez de insistir, siguió hablándole del rancho.

−Y allí −dijo, apuntando con el dedo hacia una casa de dos pisos, con un gran porche−, está mi casa.

−Muy bonita −respondió ella.

Era amarilla, con las contraventanas verdes. Bajo las ventanas había jardineras vacías. ¿Cómo sería por dentro? En Las Cruces tenían salones en la parte delantera de la casa en los que su padre recibía a las visitas. Aquellos salones siempre estaban impecables, para impresionar a los visitantes.

Pero el resto de la casa era mucho más cómoda. Estaban las habitaciones en las que Gabriella había crecido: la cocina en la que comían, la biblioteca donde le habían dado clases con el resto de los niños de la finca, y su habitación. En esos momentos las echaba de menos.

¿Cómo sería la verdadera casa de Chance?

–¿Puedo verla?

Chance le lanzó una mirada indescifrable y Gabriella no supo si le gustaba que mostrase curiosidad o si había algo más.

–Mejor otro día. Hoy está un poco desordenada.

Luego se inclinó hacia ella y susurró:

–Además, no pienso que a tu guardaespaldas le vaya a parecer buena idea.

Gabriella suspiró. Chance tenía razón. Por mucho que intentase justificar su presencia allí con el secuestro de Alejandro, que quisiese ver la casa de Chance no tenía nada que ver con su hermano, sino con el hombre que tenía al lado.

Al menos este no le había dicho que no, solo le había dicho que otro día.

Y eso debía de ser porque quería que volviese a montar a caballo otro día.

Dejaron atrás la alegre casa y se dirigieron hacia otros edificios, todos hechos de chapa metálica.

–¿Qué es eso?

–El taller.

Chance se detuvo delante del primer edificio y desmontó, ató a su caballo a un poste.

–Deja que te ayude.

Gabriella se puso tensa, pensó que Chance iba a levantarla en volandas y deseó que lo hiciera. Pensó que le encantaría sentir sus manos en la cintura.

Pero Chance no la tocó, tomó las riendas y sujetó a Gale mientras ella desmontaba. Y después mantuvo una distancia respetable con ella mientras se dirigían al primer edificio.

–Aquí guardamos las podadoras y los todoterrenos, son cosas que utilizamos todos los días –le explicó.

–Qué… bien –respondió ella, sin saber qué más decir.

Fueron al siguiente edificio.

–Aquí están los tractores más grandes. Plantamos cultivos de cobertura y alfalfa. Y allí está mi empacadora –añadió, señalando una máquina grande, cuadrada.

–Muy bonita.

Todo lo bonita que podía ser una empacadora. Fuese lo que fuese.

La dejaron atrás y atravesaron una puerta que había en la parte trasera del edificio. Joaquín se mantuvo cerca de ellos, debía de preocuparle que pudiesen tenderles una emboscada.

Entraron en lo que era claramente un taller en el que se oían fuertes ruidos.

–¡Hola, Slim! –dijo, sin obtener respuesta–. Esperadme aquí un momento.

Gabriella miró a su alrededor y pensó que era un taller muy completo, en el que había todo tipo de herramientas.

De repente se detuvo el ruido.

—¿Eh? ¡Chance, hijo!

Fue entonces cuando un señor mayor salió a la vista, con una visera echada hacia atrás, un pañuelo sucio atado al cuello y un viejo delantal sobre la ropa. Le dio unas palmaditas a Chance en el hombro. Llevaba guantes en las manos.

—Te he traído a alguien —le dijo Chance, girándose hacia Gabriella—. Gabriella, este es Daryl Slocum, Slim para los amigos. Slim, estos son Joaquín y Gabriella del Toro.

El hombre la miró de soslayo.

—Es la hermana de Alex.

La mirada de Slim cambió, como si de repente aquello tuviese sentido.

Y Gabriella se sintió frustrada. Odiaba que la conociesen como a la hermana de Alex. Siempre había sido la hija de Rodrigo o la hermana de Alejandro. Solo era Gabriella en lo relativo a sus joyas. Y era lo que le gustaba.

Slim asintió, de hecho, casi hizo una reverencia.

—¿Cómo está, señora? Es un placer.

Por suerte, no le tendió la mano ni intentó darle un abrazo, como había hecho Franny.

—Seguro que se puso muy contenta cuando Alex apareció. Yo he estado rezando mucho por él.

Aquello la sorprendió.

–Vaya, gracias. Está un poco mejor.

Al oír aquello, Chance la miró un instante con curiosidad, pero pronto volvió a hablar.

–Slim ha hecho las lámparas del barracón.

–¿De verdad? ¡Son preciosas!

Slim se ruborizó.

–Qué va, no son para tanto. Además, compré los cristales –comentó, como si el trabajo de forja no tuviese ninguna importancia.

–Son perfectas para esa casa. Increíbles –le dijo ella con toda sinceridad.

–Gabriella es una artista –dijo Chance–. Enséñale las cosas que haces.

Ella frunció el ceño al oír la palabra «cosas», pero se quitó las joyas y se las entregó a Slim.

–¿Tú haces esto? –preguntó él silbando.

Gabriella supuso que aquello era un cumplido y le gustó.

–Gabriella se va a quedar una temporada en Royal –le explicó Chance a Slim–. He pensado que podrías prestarle algunas herramientas.

¿Qué? ¿Qué había dicho?

Slim sonrió.

–Por supuesto. Voy a enseñarte lo que tengo, no es oro ni plata, pero hay un poco de todo.

Gabriella siguió a Slim, pero no fue capaz de asimilar lo que estaba viendo. Solo podía mirar a Chance.

Este le estaba ofreciendo herramientas. Montar a caballo y trabajar en sus joyas era lo que más había echado de menos de Las Cruces, y Chance McDaniel le estaba ofreciendo ambas cosas. Sin que ella se lo hubiese pedido.

Entonces sus miradas se cruzaron y, de repente, se sintió como en casa. La emoción fue tan fuerte que casi se le doblaron las piernas.

Su padre y Alejandro la cuidaban, pero limitándose a hacer cosas que eran seguras para ella, a tenerla encerrada en Las Cruces y a darle suficientes cosas que hacer para que se olvidase de que era una prisionera en su propia casa.

¿Chance? Le había enseñado su finca. Le había presentado a personas que eran importantes para él. No había intentado alejarla del servicio, como había hecho siempre su padre. En su lugar, actuaba como si fuesen su familia, lo mismo que ellos.

Slim avanzó por un pasillo y Chance la tocó. Le tocó suavemente el hombro, probablemente para hacerle entender que pasase delante, pero en vez de tocarle el hombro y apartar la mano, la fue bajando por la espalda hasta llegar a la cintura, y entonces la detuvo allí.

Gabriella no había sentido nunca nada parecido. Luiz, el chico de los establos, la había acariciado de manera inexperta. Raoul, su acompañante, siempre la había agarrado del brazo como si le perteneciese. Pero la caricia de Chance había sido dulce y tierna, segura, pero humilde. Dejó la mano en su cintura unos segundos más y después, cuando se iba a terminar

el estrecho pasillo, la apretó contra él un poco
más y la apartó.

–Trabajo mucho con hierro forjado –estaba
diciendo Slim, pero Gabriella se giró a mirar a
Chance.

–¿Estás bien? –le preguntó este.

–Yo...

Se aclaró la garganta y agradeció que Slim les
estuviese hablando en voz muy alta.

–Solo estoy sorprendida.

Chance arqueó una ceja.

–¿Gratamente?

–Es una de las mejores sorpresas que me han
dado.

Gabriella deseó hacer algo completamente
imprudente, como abrazarlo por el cuello y demostrarle lo que pensaba de su sorpresa, pero
entonces sintió el calor del horno de Slim.

–Llámame cuando quieras venir. Slim lleva
casi cincuenta años trabajando en el rancho.
Tiene todas las herramientas de la humanidad.
Nunca tira nada.

Y entonces, delante de Slim y Joaquín, alargó
la mano y la pasó por todo su brazo, apretándo-
selo suavemente antes de apartarla.

No fue un gesto de posesión. Fue una pregunta. Le estaba pidiendo permiso.

De repente, Gabriella deseó decirle que sí.
Nunca lo había deseado tanto.

Miró a Joaquín, que tenía el ceño fruncido,
como advirtiéndole que darle permiso a Chan-

94

ce sería un reto. ¿Cómo podía convencerlo para que la apoyase?

–Bueno –dijo Slim, ajeno a la silenciosa batalla que se estaba librando a su alrededor–. ¿Qué te parece?

–Nunca he trabajado con hierro –respondió ella.

No quería rechazar el ofrecimiento de Chance, pero no porque no quisiera hacerle un desprecio, sino porque se sentía muy agradecida.

Podría montar a caballo. Podría trabajar, no como lo hacía en circunstancias normales, pero podría aprender cosas nuevas. Y, sobre todo, podría salir de los confines de la casa de Alejandro.

Podría estar allí. Con Chance.

–No te preocupes. ¡Yo te enseñaré! Empezaremos por lo más básico y después podrás intentar hacer piezas más pequeñas. Tengo algún delantal de sobra, aunque no sé si serán lo suficientemente grandes para tu marido –añadió, mirando al guardaespaldas.

–Joaquín no es mi marido. Es mi guardaespaldas.

–Supongo que estáis preocupados, después de lo que le ocurrió a Alex. En cualquier caso, lo puedes traer aquí, estoy seguro de que Franny le dará de comer si colabora un poco.

Al oír aquello, Joaquín se puso colorado.

Y Gabriella pensó que tal vez no fuese tan complicado convencerlo para que volviesen al rancho con cierta regularidad.

Miró a Chance y sonrió.

–Las puertas siempre están abiertas –comentó este.

Y Gabriella supo que había intentado decirlo como si fuese un ofrecimiento que hacía a cualquier persona que fuese a visitar el rancho.

Pero ella sabía que en realidad sus palabras estaban dedicadas solo a ella.

–Solo tienes que pedírmelo, Gabriella –añadió él–. Y la respuesta será sí.

Sí.

La respuesta sería sí.

Capítulo Nueve

El gesto de Gabriella era digno de contemplar.

Mientras se despedían de Slim y volvían adonde habían dejado pastando a los caballos, Gabriella mantuvo los ojos clavados en los de él.

Cuando llegaron a los caballos, le preguntó:

–¿Has hecho esto por mí?

–Sí.

Con el rabillo del ojo, Chance vio cómo Joaquín agarraba las riendas de Bestia.

Gabriella no parecía preocupada por lo que estuviese haciendo su guardaespaldas. Solo tenía ojos para él.

Ese había sido su objetivo.

Ella se acercó un paso y Chance pensó que podía alargar la mano y volver a tocarla.

Pero no lo hizo.

Aunque por supuesto que quería hacerlo. Quería tomarla entre sus brazos y besarla, y estaba seguro de que ella también quería que la besase.

–Es el mayor detalle que han tenido conmigo –admitió con voz dulce, cálida.

Seductora.

Él se quedó inmóvil donde estaba porque sabía que si se movía lo haría para tomar lo que le estaba ofreciendo, y porque también sabía qué le pegarían un tiro.

–De nada –consiguió decir sin moverse.

Ella lo miró a los ojos un segundo más y después se giró.

–Será mejor que te metas las manos en los bolsillos –le dijo.

Y él lo hizo.

Gabriella miró hacia donde estaba Joaquín y añadió:

–Ya ves que no me está tocando –añadió en tono serio.

Y entonces, antes de que Chance pudiese darse cuenta de lo que estaba ocurriendo, se acercó a él, lo abrazó por el cuello y lo besó apasionadamente, incluso le mordió el labio inferior. Él quiso inclinar la cabeza y devolverle el beso con todas sus ganas, pero no se atrevió.

Cuando terminó, Gabriella se apartó rápidamente, casi tambaleándose. Y chance estuvo a punto de sacarse las manos de los bolsillos para sujetarla.

Pero ella recuperó el equilibrio y retrocedió.

–¿Has visto? No me ha tocado.

Estaba hablando con Joaquín. Era como si tuviese algo que demostrar.

–Quiero volver a los establos haciendo una carrera –dijo después, con las mejillas encendidas y los ojos brillantes–. Ahora mismo.

Chance supo que se lo estaba pidiendo a su guardaespaldas, no a él, pero respondió de todos modos.

–No tienes nada más que pedirlo. Ya sabes que la respuesta va a ser un sí.

Entre la sonrisa, el hecho de que quisiera hacer una carrera y el beso…

Montaron a los caballos y se dirigieron rápidamente de vuelta a los establos. Por el camino, Chance la oyó reír a pesar del ruido de los cascos de los caballos. También oyó jurar a Joaquín.

Y él pensó que tal vez fuese un cretino. Tal vez. Porque hizo que Ranger se colocase detrás de Gale. No podía tocar a Gabriella, pero podía observarla mientras montaba a caballo.

Su trasero encajaba en la montura como si se la hubiesen hecho a medida. Montaba pegada al cuello de Gale, instándolo a ir más rápido. Y a él le encantaron las vistas.

A Gabriella le gustaba montar a caballo. Le encantaba. Y le interesaban cosas como el hierro forjado. Sabía ensillar a un caballo. Y estaba seguro de que le gustaría comerse un filete después de dejar a los animales en el establo. Teniendo en cuenta que era una mujer muy protegida y refinada, no le daba miedo el trabajo duro al que él dedicaba sus días.

Chance nunca había conocido a una mujer así. Cara nunca había querido mancharse las manos ni montar a caballo.

Gabriella dejó escapar un grito mientras Gale subía una pequeña colina. Estaban llegando a los establos, pero él habría podido verla montar todo el día.

Y toda la noche. Se la imaginó en la cama, encima de él. Después del beso que le había dado, estaba seguro de que la tendría en su cama. Solo esperaba poder hacerla gritar y disfrutar tanto como lo estaba haciendo en esos momentos.

Los establos aparecieron ante sus ojos demasiado pronto. Chance no sabía si Joaquín iba detrás de ellos, no se había girado para comprobarlo, pero le daba igual. Tenía el corazón acelerado y nunca se había sentido tan feliz.

Gabriella puso a Gale al trote y él se dijo que tenía que empezar a calmarse y a pensar con la cabeza otra vez.

–¡Qué divertido! –comentó ella–. ¿Podemos volver a hacerlo mañana?

–Ya sabes cuál va a ser la respuesta, ¿verdad?

Y ella lo miró de tal manera que a Chance le dieron ganas de decir que le daba igual lo que hiciesen Joaquín y su padre si se enteraban de que la había besado. Lo único que quería hacer era llevarla a su casa y a su cama.

Gabriella era como una estrella que brillaba en medio de aquel oscuro invierno texano, y él solo quería disfrutar de su luz. Disfrutar de ella.

Pero no quería morirse, así que siguió avanzando hacia los establos.

–¿Has conseguido salir de la casa? Me refiero, además de venir aquí.

Su mirada se apagó y a él le dolió verlo.

–Solo a la peluquería, a cortarme el pelo.

–¿Sabes una cosa? Mañana, después de montar a caballo, saldremos juntos. Royal es un lugar agradable, deberías conocerlo.

–¿De verdad? –preguntó ella con los ojos brillantes–. ¿Piensas que papá me dejará?

Él pensó que no, pero le pareció que era ridículo que una mujer adulta le tuviese que pedir permiso a su padre para salir.

–¿Tú quieres salir conmigo?

Le pareció que Gabriella todavía era, en parte, una chica joven y muy protegida. Por bien que montase a caballo, o por apasionadamente que lo hubiese besado, Chance tuvo la sensación de que tenía que ir despacio con ella.

Gabriella inclinó la cabeza, como si se lo estuviese pensando.

–Sí –respondió–. Quiero salir.

Entonces llegó Joaquín a lomos de Bestia, que parecía cansada. El guardaespaldas parecía furioso, y dispuesto a matar a Chance muy lentamente, incluso disfrutando con ello.

Pero antes de que Joaquín pudiese hacer nada, Gabriella anunció:

–Chance me va a llevar a cenar a Royal mañana, Joaquín.

Este abrió la boca para decir algo, pero ella levantó una mano para acallarlo.

–He venido a ver Estados Unidos. Y Chance solo me está enseñando la zona.

–Sí. Vas a venir, ¿verdad? –añadió Chance, que ya se había dado cuenta de que la presencia del guardaespaldas era inevitable si quería salir con Gabriella del Toro.

Joaquín los miró como si aquello no le gustase nada.

Y Chance se preguntó si iba a hacer que Gabriella no volviese a pisar su rancho nunca más.

–Si no, podría pasarme el día mañana cocinando –añadió Gabriella en tono casi cruel–. Podría intentar hacer la lasaña otra vez. La última vez que lo intenté solo se me quemó la pasta.

Chance vio la cara que ponía Joaquín y tuvo que morderse la lengua para no echarse a reír. Por el gesto del guardaespaldas, era evidente que cocinar no era uno de los talentos de Gabriella.

–El Club de Ganaderos de Texas tiene un restaurante estupendo –le dijo a ella en voz alta, para que Joaquín pudiese oírlo también–. En él preparan de la mejor carne de Tecas.

Y ella volvió a dedicarle aquella sonrisa, la que hacía que desease abrazarla y besarla hasta que ambos se quedasen sin aliento.

Sí, sabía muy bien cuál era el juego de Gabriella, y él estaba dispuesto a jugarlo también.

Pero entonces, de repente, se le pasó otra idea por la cabeza. ¿Y si todo aquello, la triste historia acerca de su madre, las sonrisas, y el beso, en especial el beso, ¿eran solo un juego? ¿Y si Gabriella estaba jugando con él?

Chance había pensado que Alex Santiago era uno de sus mejores amigos, un hombre en el que podía confiar. ¿Y qué había sucedido?

Su novia, Cara, lo había dejado. Y él se había convertido en uno de los principales sospechosos del secuestro de Alejandro del Toro, en un apestado en su propio pueblo.

Alex Santiago, Alejandro del Toro, o fuese quien fuese la persona que estaba encerrada en aquella casa, le había destrozado la vida.

¿Y si en realidad tampoco le gustaba a Gabriella del Toro? ¿Y si solo estaba utilizando las sonrisas y sus demás armas de seducción para distraerlo o desequilibrarlo?

¿Y si lo estaba utilizando?

Pero, ¿por qué? Chance no tenía la respuesta a aquella pregunta. Tampoco sabía por qué Alex se había portado así con él. Lo único que sabía era que le habían hecho daño. Y mucho.

Entonces Joaquín suspiró pesadamente.

—Estupendo —dijo Gabriella—. Me encargaré de que papá esté tan ocupado con su trabajo que no se dé cuenta de que no estoy en casa.

Y Chance no pudo evitar desear protegerla.

Pero ¿quién lo iba a proteger a él de ella?

***

Gabriella se preparó cuidadosamente para la cita. Le dedicó a su pelo y al maquillaje más tiempo del habitual y escogió la ropa pensando en Chance.

Aquel había sido un día especial. Se había encontrado con él en los establos de su rancho a las nueve de la mañana. Habían ido paseando a caballo hasta el taller de Slim, donde Chance la había dejado, junto con Joaquín, durante varias horas. Y había vuelto a ir a buscarla a las doce menos cuarto, con una cesta.

Habían comido en el lugar en el que le había dicho que hacían los picnics. El sol calentaba y Joaquín había comido apoyado en un árbol, lo que les había dado a Chance y a ella la intimidad suficiente para poder charlar tranquilamente mientras comían el pollo y la ensalada de patatas de Franny.

Aquel había sido uno de los momentos más románticos de toda su vida. Una comida tranquila en un lugar apartado, rodeado de árboles. Gabriella casi había podido fingir que Joaquín no estaba allí.

Aunque no se había atrevido a volver a besar a Chance.

A pesar de las ganas.

Después habían recogido todo y habían vuelto al taller. Allí solo había conseguido hacer una pieza plana y burda, pero Slim le había dado su aprobación.

Chance había vuelto a buscarla a las tres. Ha-

bía admirado su obra y después le había ofrecido hacer otra carrera hasta los establos, pero
ella le había dicho que no porque le dolían los
brazos después de haber estado todo el día trabajando.

–¿Te parece bien si te recojo esta noche sobre las seis y media? –le había preguntado él
desde la montura.

–Vamos a cenar en el club, ¿verdad?

Y él le había dedicado aquella sonrisa que
siempre la hacía sentirse como en casa.

–Eso es.

Así que, después de uno de los mejores días
de su vida, Gabriella estaba arreglándose y preguntándose cómo se vestiría la gente en Texas
para ir a cenar a un club privado. No sabía si
con la falda recta negra y la blusa verde iría demasiado elegante. O no lo suficiente. Era el
conjunto más bonito que tenía, aparte de los
vestidos.

Todavía no podía creerse que hubiese besado a Chance el día anterior, con tanta pasión y
delante de Joaquín. Ella no era así.

¿En qué estaba pensando? Todavía no estaba
claro que Chance no tuviese nada que ver con
el secuestro de Alejandro. Era posible que su
hermano hubiese estado encerrado en alguna
parte de su rancho.

Chance la había llevado a montar a caballo.
Le había presentado a las personas con las que
parecía tener más relación. Y ella estaba apren-

diendo a trabajar el hierro porque él se había dado cuenta de que echaba de menos su trabajo.

Ningún otro hombre le habría prestado tanta atención.

Estaba decidiendo si dejarse puesto el conjunto de las tres cruces o cambiárselo por un collar de oro con esmeraldas y rubíes cuando alguien llamó a la puerta.

—¿Sí?

Era Alejandro. Tenía mejor aspecto que el día anterior, y muchísimo mejor que el anterior. Parecía estar recordando cómo volver a vivir en su propia piel después de unas largas vacaciones en otra parte.

—¡Alejandro! ¿Cómo estás? ¿Va todo bien?

—Bien —respondió él, sentándose a los pies de la cama.

—¿Estás seguro? ¿Te encuentras bien?

—No. Es solo que…

—¿Qué? ¿Has recordado algo? ¿Algo relacionado con Chance?

—No. ¿Por qué?

La miró de arriba abajo. La falda ajustada y la escotada camiseta verde esmeralda.

Se miraron el uno al otro. Gabriella se preguntó qué haría su hermano si se daba cuenta de que el interés que ella sentía por Chance Mc-Daniel no tenía nada que ver con su secuestro. ¿Le prohibiría que saliese con él? ¿O se lo contaría a su padre, quien, a su vez, le prohibiría que volviese a ver a Chance y le echaría otra charla acerca de que su seguridad era lo más importante?

No quería volver a escuchar a su padre diciéndole que su única prioridad era su seguridad. ¿Qué había de su felicidad? ¿Eso no significaba nada para él?

¿Y para Alejandro?

—Quiero que a partir de ahora me llames Alex —anunció este de repente.

—¿Qué?

—Que me llamo Alex.

Ella abrió la boca para preguntarle si se encontraba bien o si se había vuelto a dar un golpe en la cabeza, pero volvió a cerrarla. El gesto de su hermano no era de confusión o inseguridad, sino que estaba muy serio.

Gabriella no supo cómo interpretar aquello. Desde que había llegado a Texas su hermano solo le había hablado en inglés, y en esos momentos estaba pidiendo que lo llamase por su nombre estadounidense.

—Esta noche voy a salir con Chance —le contó, pensando que no habría otra oportunidad mejor que aquella para ser sincera acerca de sus sentimientos—. También me ha invitado a ir a montar a caballo siempre que quiera, y a ir a trabajar con Slim en el taller si quiero aprender a trabajar el hierro forjado.

Alejandro, Alex, asintió.

—¿Qué caballo te ha dejado?

–Nightingale.

Él la miró con sorpresa.

–Es una de sus mejores yeguas, no suele permitir que nadie la monte.

–¿Cuál solías montar tú? –le preguntó Gabriella, dándose cuenta de que, de repente, su hermano recordaba muchas cosas.

–Un cuarto de milla llamado Spike. Me lo daba porque sabía que su Ranger siempre le ganaría si hacíamos una carrera.

Ella sonrió.

–Joaquín monta a un animal enorme llamado Bestia. A mí me parece que le tiene miedo.

–¿A Bestia?

Alex rio y se dio un golpe en la rodilla. Era un gesto que Gabriella no le había visto hacer nunca a su hermano.

–¡Me gustaría ver a Joaquín asustado, pensé que no le tenía miedo a nada!

–Joaquín no confía en Chance y no quiere que vaya a verlo.

Había llegado el momento de ser sincera. Si Alejandro, Alex, tenía algo en contra de Chance, tendría que decirlo en ese momento.

Pero no lo hizo. En su lugar añadió:

–Ahora que estoy mejor, papá quiere que pase más tiempo trabajando con él. Tiene entre manos algunos negocios que están absorbiéndole todo su tiempo.

A pesar de saber que su hermano no tenía ninguna intención de hacerle daño, Gabriella se sintió dolida al darse cuenta de que su padre no pensaba en ella para nada.

Alex se puso en pie.

–Yo lo mantendré distraído. No tiene ningún sentido que tú estés aquí, encerrada entre cuatro paredes. Así que sal y diviértete.

–Lo haré –balbució ella sorprendida con la respuesta de su hermano.

Alex se puso en pie y se giró para marcharse, pero con la mano apoyada en el pomo de la puerta añadió:

–Solo quiero pedirte una cosa.

–Dime.

–Que te lleves a Joaquín, por tu seguridad, y que no le digas a Chance que estoy mejor, todavía no.

Antes de que a ella le diese tiempo a preguntarle el motivo, se marchó.

Entonces sonó el timbre. Chance estaba allí.

Y Gabriella sabía que su hermano no iba a ir a abrir la puerta.

Capítulo Diez

Aquella noche Chance tenía una buena sensación. Sobre todo, porque Gabriella le había dado un beso rápido en la mejilla al salir a la puerta, pero también porque se había sentado en la parte delantera del coche con él, mientras que Joaquín se había puesto atrás.

Al llegar al Club de Ganaderos de Texas, Chance le sujetó la puerta a su acompañante. Hacía mucho tiempo que no había estado allí. La situación había llegado a un punto en el que ni siquiera se había sentido cómodo en su lugar favorito. El club había pasado de ser un sitio en el que tomarse una cerveza a un mar infestado de tiburones. Y él había preferido quedarse en casa y comer lo que Franny le preparaba, o airearse junto con Marty y con Slim. Al menos en el rancho nadie lo trataba como a un delincuente.

Sabía que ir allí aquella noche era un riesgo, pero Alex había aparecido. Tal vez no tuviese memoria, pero al menos estaba allí. Y todo el mundo tenía que haberse dado cuenta de que él no tenía nada que ver con aquel turbio asunto.

Aquello era lo que Chance estaba pensando

110

cuando Joaquín pasó por su lado y le estropeó el momento. Tres estaban empezando a ser multitud, pero Chance sonrió y guio a Gabriella hacia el restaurante.

–Acaban de abrir una guardería –le explicó, enseñándosela.

Ella lo miró de una manera extraña.

–Muy bonita –comentó.

Y Chance se dio cuenta de lo que había dicho. Había hablado en tercera persona.

–Yo voté a favor –añadió rápidamente.

Y se preguntó desde cuándo había empezado a pensar en el club como si fuese algo de lo que él no formaba parte.

Tal vez no hubiese sido buena idea ir a cenar allí.

Estaba valorando la idea de proponer que cambiasen de plan y fuesen a cenar a Claire's cuando alguien lo llamó.

–¡Chance! ¿Dónde te habías metido, tío?

Él se giró y vio a Sam Gordon, que se estaba acercando a ellos y sonreía de oreja a oreja. Al menos alguien se alegraba de verlo.

–Sam, ¿cómo estáis? ¿Qué es eso que he oído de Lila?

–¡Hemos tenido gemelas! ¡Dos niñas! Brook y Eve –le contó Sam riendo.

Y Chance pensó que era la primera vez que lo oía reír.

–¡Qué suerte tienes con Lila! –le dijo con toda sinceridad.

111

A pesar de que a Chance no le caía bien Beau Hacket, siempre había pensado que Lila no era como su padre y su hermano. Y Chance la admiraba por haber luchado por ser diferente e independiente.

–¡Sí, es increíble! –admitió Sam–. Toma, he traído puros para todo el mundo.

Y le dio dos a Chance y otro a Joaquín.

–Toma, amigo.

Después, Sam miró a Chance, a Gabriella y a Joaquín, como preguntándose quiénes eran los dos últimos. El guardaespaldas aceptó el puro tras dudar un instante y murmuró:

–Gracias. Enhorabuena.

–Sam Gordon, estos son Gabriella del Toro y Joaquín. Los he invitado a cenar esta noche.

Sam arqueó las cejas.

–Encantado de conocerla, señorita Del Toro –dijo.

No le ofreció la mano, sino que se inclinó hacia delante sin apartar la mirada de Joaquín y del bulto que la pistola marcaba en su chaqueta.

–Por cierto, ¿qué tal está Alex? ¿O hay que llamarlo Alejandro?

Chance notó cómo Gabriella se ponía tensa a su lado, pero su rostro no la traicionó. Su expresión era exactamente la misma que cuando le había abierto la puerta en casa de Alex el primer día.

En aquella ocasión, Chance no se había

112

dado cuenta de que se encontraba incómoda, nerviosa.

En esos momentos se daba cuenta y la comprendía.

–Está mejor, gracias –respondió ella por fin–. Y prefiere que lo llamen Alex.

–Ah, estupendo, me alegro.

Sam y Gabriella hablaron un poco más acerca de los bebés, pero Chance no prestó atención a la conversación.

Se quedó observando a Gabriella. Habían pasado gran parte de la semana juntos y en ningún momento había comentado que su hermano quisiese que lo llamasen Alex. Además, ella lo había llamado siempre Alejandro en su presencia.

¿Cuándo habría decidido este que quería que lo llamasen Alex? ¿Y por qué no se lo había dicho Gabriella a él?

¿Le estaría mintiendo a Sam? ¿O le mentía a él?

–Bueno, me alegro mucho de verte –dijo Sam, dándole a Chance unas palmadas en la espalda.

–Enhorabuena otra vez por las niñas –contestó este antes de que Sam se marchase.

Antes de echar a andar de nuevo, Chance vio a Paul Windsor hablando con uno de sus amigos al otro lado. Había pasado algo de tiempo con él mientras salía con Cara. Paul era un buen tipo, pero a Chance nunca le había gustado la actitud que tenía con su hija, como si se tratase de un peón que pudiese utilizar a su antojo a beneficio del negocio familiar, Windsor Energy. Chance siempre había tenido la sensación de que Paul no lo consideraba lo suficientemente bueno para su hijo, y que, si la relación hubiese seguido adelante, jamás habría accedido a que se casase con ella.

Y desde que se le había considerado sospechoso de la desaparición de Alex Santiago, Paul Windsor había actuado como si tuviese motivos para pensar que nunca había sido lo suficientemente bueno para Cara. Paul había sido uno de los primeros en cuestionar los posibles motivos de Chance, y este casi había tenido la sensación de que el otro hombre quería que fuese culpable.

Paul lo miró a los ojos un instante, y después estudió a Gabriella con mirada fría y con una sonrisa cruel antes de volver a la conversación. Habían sido solo diez segundos, pero Chance no pudo evitar que se le encogiese el estómago de la preocupación.

A Chance no le gustó aquello, como tampoco le gustaba que los demás pensasen que era culpable hasta que no se demostrase lo contrario. Como tampoco le gustaba estar pensando él lo mismo de Gabriella. Prefería pensar que esta había sido sincera con él, que solo le había contado la verdad, toda la verdad y nada más que la verdad.

Pero cada vez que empezaba a creer en ella,

Gabriella hacía algo que volvía a sembrar las dudas en su interior. Como decirle a Sam Gordon que su hermano quería que lo llamasen Alex en vez de Alejandro.

Chance se maldijo.

Decidió no seguir enseñándoles el club e ir directo al restaurante. A pesar de que era lunes, más de la mitad de las mesas estaban ocupadas y las risas inundaban la habitación. El camarero los condujo hasta una mesa para tres y él se volvió a maldecir. Las risas fueron cesando mientras él atravesaba el salón acompañado por la hermana del traidor de Alex y su guardaespaldas armado.

Y Chance se sintió dolido. Se preguntó si alguna vez volvería a sentirse parte de aquel lugar o si su imagen quedaría manchada para siempre por el delito cometido por otra persona.

Volvió a pensar que haber ido a cenar allí había sido un error garrafal, pero ya estaba hecho. Todo el mundo lo había visto y, entre Sam Gordon y Paul Windsor, ya debían de saber quién era Gabriella. Así que lo único que podía hacer era afrontar la situación sin vergüenza. Los McDaniel no agachaban la cabeza y huían.

Dejó que Joaquín se sentase de espaldas a la pared y le ofreció a Gabriella la otra silla desde la que se veía todo el salón, él se sentó de espaldas a este, para que Joaquín se diese cuenta de que no estaba preocupado.

Pidieron la cena y esperaron. El ambiente no

tenía nada que ver con el del distendido picnic del mediodía. En su lugar, Gabriella estaba sentada con las manos agarradas sobre el regazo, los hombros rectos y una falsa sonrisa en el rostro. Para cualquier extraño parecía completamente normal, pero Chance sabía que estaba tensa y que su sonrisa no era la misma que cuando estaba relajada con él.

Al menos Joaquín parecía estar y actuar igual que siempre: enfadado, casi violento y molesto por tener que estar allí.

De vez en cuando, Chance oía su nombre. Se había girado pensando que alguien lo llamaba, pero se había dado cuenta de que no estaban hablando con él, sino de él. No quería ni pensar lo que estarían diciendo de su persona los amigos de Paul Windsor. O de Gabriella. O de ambos. Ni quería pensar lo que estarían hablando de Joaquín.

Nadie se acercó a ellos. Haberse encontrado con Sam Gordon había sido un golpe de suerte, eso era evidente. Porque el resto de las personas se habían limitado a saludarlo desde la distancia y a hablar después de él.

La camarera les llevó la cena y, después de haber pasado varios minutos comiendo en silencio, Gabriella dejó los cubiertos y volvió a apoyar las manos en su regazo.

–¿Qué ocurre? –le preguntó él, pensando que la noche iba tan mal que ni siquiera le estaba gustando la cena.

Ella suspiró, pero no bajó los hombros en ningún momentos.

—¿De quién tienen miedo? ¿De ti o de mí?

—No creo que nos tengan miedo a ninguno de los dos. Tal vez a Joaquín… Lo siento. Es que es un pueblo y las noticias corren muy deprisa.

—Ah.

Gabriella bajó la mirada y se ruborizó.

—Entonces, ¿somos el entretenimiento de esta noche? —añadió.

—Es culpa mía. Pensé…

Había pensado que le darían al menos el beneficio de la duda.

Decidió cambiar de tema de conversación.

—¿Has dicho que tu hermano quiere que lo llamen Alex?

El rubor de las mejillas de Gabriella aumentó y Chance se preguntó por qué tenía que ser tan guapa. ¿Y por qué se tenía que sentir él tan atraído por ella? ¿Por qué no podía ser todo más sencillo, como antes de que Alex Santiago hubiese entrado en su vida?

—Parece responder mejor a ese nombre. Yo…

Gabriella tragó saliva y Chance supo que estaba a punto de mentirle. Lo vio venir y no pudo hacer nada al respecto.

—Espero que llamándolo por el nombre al que parece responder mejor se recupere antes.

—Y así está siendo —afirmó Chance.

—Sí.

Gabriella se aclaró la garganta. Tenía las mejillas coloradas como dos tomates, pero levantó la cabeza y lo miró a los ojos, casi retándolo.

–Pero prefiero no hablar de él esta noche.

Eso significaba que no iba a rectificar, pero también que no iba a contarle más mentiras.

–Bueno, ya me avisarás cuando quieras hablar de él.

El gesto de Gabriella fue de dolor, y Chance se sintió como un imbécil. No obstante, intentó recordarse que ella le había mentido.

Y volvió a pensar que aquella cena había sido un error.

–No te pongas así –dijo ella en voz tan baja que Chance casi ni la oyó.

–Pues dime cómo me tengo que poner. ¿Sabes por qué somos el entretenimiento de todo el pueblo? Porque tu hermano, del que no quieres hablar, llegó aquí y decidió que yo era una presa fácil. Me engañó, me quitó a la novia y desapareció, dejándome solo ante las consecuencias.

Joaquín lo fulminó con la mirada y Chance se dio cuenta de que había levantado la voz, pero es que estaba cansado de que todo el mundo hablase de él. Quería limpiar su nombre y que todo volviese a la normalidad.

Volver a estar solo.

No. Apartó aquella idea de su mente, apartó también la imagen de Gabriella montando a Gale, la del picnic que habían compartido aquel día. ¿Qué más daba que lo hubiese pasado mejor esa semana que en muchos meses? ¿Qué más daba que Franny la adorase y que a Slim le cayese tan bien? ¿Qué más daba que Gabriella lo hubiese besado como si su vida hubiese dependido de ello y que él no hubiese podido pensar en otra cosa desde entonces?

Nada de eso importaba. Gabriella volvería a México y él se quedaría allí, en Royal, lidiando con aquel desastre.

Ya era demasiado tarde cuando se dio cuenta de que todo el restaurante estaba en silencio. Todo el mundo los estaba escuchando.

–Vámonos –espetó, sin importarle lo que pensasen los demás.

–Sí.

Gabriella se puso en pie con tanta dignidad como siempre.

La vuelta a casa fue muy tensa. Chance detuvo el coche delante de casa de Alex. En la oscuridad, parecía un lugar encantado que se había comido a Alex y estuviese esperando para engullir a Gabriella también.

Chance no apagó el motor. Y eso le hizo sentirse todavía peor. Se estaba comportando como un cretino, no ofreciéndose a acompañarla hasta la puerta, pero para eso tenía ella un guardaespaldas, ¿no?

–Joaquín –dijo ella en tono profesional–. Ve a ver cómo está Alex.

Este gruñó entre dientes y no se movió de donde estaba.

–Por favor, quiero hablar con Chance a solas –le dijo ella en tono educado.

Chance también quería poder hablar con Gabriella sin arriesgarse a que le diesen un tiro. «Venga, márchate, tío», pensó.

Pero Joaquín no se movió.

Gabriella se giró hacia él.

–Tengo veintisiete años, Joaquín. Tengo derecho a mantener una conversación privada sin que vayan a contársela a mi padre. Deja de tratarme como a una niña o haré que te cambien de puesto –se inclinó hacia atrás y añadió en tono amenazante–: Y sabes que soy capaz.

El silencio se hizo todavía más tenso, pero Chance no quiso romperlo. Aquello no iba con él, y era evidente que Gabriella sabía defenderse sola.

Entonces, de repente, Joaquín cedió. La puerta del coche se abrió y se volvió a cerrar y el guardaespaldas ya no estaba allí. Pasó por delante del vehículo y lo miró fijamente antes de dirigirse hacia la puerta de la casa. Aunque esta no se abrió, así que no se quedaron realmente solos.

Antes de que Chance pudiese decidir si Joaquín podía verlos o no desde donde estaba, Gabriella le agarró el rostro y lo besó apasionadamente. El beso fue distinto al del día anterior y Chance tuvo la sensación de que era como si Gabriella quisiese demostrarle algo.

O como si quisiese demostrárselo a sí misma.

Él decidió no seguirle el juego, así que mantuvo las manos sobre el volante.

Entonces ella le acarició los labios con la lengua y Chance empezó a flaquear. Y flaqueó todavía más cuando Gabriella le enterró los dedos en el pelo.

Entonces dejó de pensar, bueno, siguió haciéndolo, pero no de la manera correcta. En vez de preguntarse si podía confiar en ella, pensó en lo mucho que le gustaba que le mordisquease los labios.

Gabriella se apartó y a Chance le dolió más de lo que habría imaginado, pero mantuvo las manos en el volante.

—¿Me deseas? —le preguntó ella entre dientes mientras le pasaba las manos por las mejillas.

Él se fijó en cómo le subían y bajaban los pechos con la respiración. Le había hecho la pregunta de manera muy seductora, era una mujer muy seductora, pero en su mirada había algo más. Casi parecía preocupada por cuál pudiese ser su respuesta.

¿Era una pregunta con trampa? Porque la respuesta era afirmativa. Tal vez le estuviese tendiendo una trampa, pero Chance no estaba seguro de que le importase.

«No seas idiota». No había hecho las preguntas suficientes antes de dejar marchar a Cara. Y necesitaba respuestas casi tanto como necesitaba tener a Gabriella entre sus brazos.

—Deseo a la mujer a la que le gusta montar y

trabajar el metal, a la mujer que ríe alegremente, pero no deseo a la mujer que me miente mientras sonríe con falsedad.

Gabriella retrocedió al oír aquello, siguió tocándolo, pero su actitud cambió.

—Soy la mujer que monta a caballo y trabaja el metal.

Se apartó de él solo un instante, solo lo necesario para meterse por debajo de su brazo, que todavía estaba agarrando el volante, y sentarse a horcajadas sobre él. La falda negra, ajustada, que le hacía el trasero todavía mejor que los pantalones vaqueros, se le arrugó a la altura de las caderas.

—Esa soy yo.

A Chance le temblaron los brazos del esfuerzo que estaba haciendo por no tocarla. Porque no iba a tocarla. De ningún modo. Era ella la que lo estaba haciendo todo.

Gabriella apoyó la frente en la suya. Sus muslos, fuertes de montar a caballo, apretaron los de él, que empezó a sentir calor en el centro de los pantalones vaqueros. ¿Cómo de fuerte podía ser? Porque cualquier hombre un poco más débil la habría abrazado y habría tomado lo que aquella mujer le estaba ofreciendo.

Pero hacerla suya con público… Si Joaquín seguía mirándolos desde el porche, o si había entrado a alertar a Alex o a su padre de lo que estaba ocurriendo, era un riesgo demasiado tonto y que no quería correr. Así que a pesar de que aquello era lo más doloroso que recordaba haber hecho nunca, mantuvo las manos en el volante.

Y la cosa no hizo más que empeorar cuando Gabriella volvió a besarlo. El beso empezó despacio, con suavidad, con cautela, como era ella. Pero pronto se hizo más rápido y apasionado. Gabriella lo apretó con los muslos y apoyó los bonitos pechos contra el de él. Solo los separaba la estúpida ropa.

Chance echó la cabeza hacia atrás, pero no pudo apartar el resto del cuerpo. Gabriella lo tenía acorralado.

—No me mientas, Gabriella. No lo voy a tolerar.

Ella asintió, parecía triste y, al mismo tiempo, estaba muy sensual. Y eso hizo que Chance deseara abrazarla todavía más.

—Esta es la verdad, Chance. Monto a caballo, trabajo el metal. Y me haces reír. Esa es la persona que soy. Así soy cuando estoy contigo —le dijo mientras le acariciaba el rostro—. Con nadie más. Solo contigo.

Él supo que no debía creerla. Lo estaba engañando, y antes o después se iba a llevar una decepción.

Se estaba empezando a enamorar de la mujer con la frente manchada de hollín con la que había estado sentado a la orilla de su arroyo seco. Se estaba enamorando de la mujer que estaba cómoda charlando con Franny o trabajando con Slim, con la mujer que ensillaba a su caballo y montaba a toda velocidad.

Quería tener a aquella mujer entre sus brazos. De hecho, nunca había deseado algo tanto.

Entonces la oyó decir en un susurro:

–Esa soy yo, gracias a ti.

Y Chance se perdió en ella.

En aquella ocasión, fue él quién empezó el beso. Consiguió mantener las manos en el volante porque sabía que, si no lo hacía, empezaría a desnudarla y a desnudarse para poder sentir su piel.

Quiso hacerla suya y oírla gemir de placer. Quiso entregarse a ella como no se había entregado nunca antes.

Así que cuando Gabriella le preguntó:

–¿Puedo volver al rancho mañana?

Lo único que pudo hacer Chance fue volver a besarla y sentir cómo encajaban sus cuerpos.

–Ya conoces la respuesta.

Ella sonrió de oreja a oreja, sonrió de verdad.

–Gracias –le dijo, de palabra y con otro beso.

Y Chance supo que tenía que darle las buenas noches y acompañarla hasta la puerta, pero no pudo evitar volver a besarla. Una y otra vez. No conseguía saciarse de ella. No podía pensar con claridad. Aunque las cosas hubiesen sido todo lo normales posible, Gabriella seguía siendo la hermana pequeña de Alex. Y un hombre siempre tenía que pensárselo dos veces antes de besar a la hermana pequeña de un amigo dentro de un coche.

Entonces, de repente, se encendió una luz en la casa. No los estaba iluminando a ellos, pero significaba que alguien podía verlos.

Tanto Chance como Gabriella reaccionaron al mismo tiempo, apretándose el uno contra el otro. Y él gimió de la frustración. Otro día con Gabriella, otra noche de agonía.

–Debería marcharme –susurró ella.

–Sí.

Gabriella se separó de él para volver a su asiento y colocarse la falda.

Y Chance estaba tan perdido que estuvo a punto de apoyarle una mano en el muslo, de agarrarla por el trasero y volver a sentarla en su regazo.

–Te acompañaré.

Era lo mínimo que podía hacer. Además, así podría estar con ella un par de minutos más.

Salieron del coche. Ella se bajó la falda un poco más y luego le tendió la mano. Fueron hacia los escalones donde estaba esperando Joaquín. Este fulminó a Chance con la mirada, pero él no le hizo caso.

–¿Quieres volver a trabajar en el taller mañana?

Ella le acarició los nudillos con un dedo, haciendo que sintiese todavía más calor.

–Por supuesto.

–¿A qué hora vas a venir?

Chance también quería preguntarle cuánto tiempo se iba a quedar. No quería repetir la cena en el club, pero había otras opciones.

Antes de que a Gabriella le diese tiempo a contestar, añadió:

–Franny podría hacernos la cena, o podríamos probar suerte en Claire's.

A pesar de que había muy poca luz, Chance pudo ver el gesto de horror en su rostro.

–Claire's es diferente –le explicó–. Más tranquilo. La luz es más tenue y hay más intimidad. La gente va al club cuando quiere ver a otra gente, y a Claire's cuando solo quiere ver a la persona con la que va a cenar.

Y él solo quería mirar a Gabriella.

No había estado en Claire's desde que le había dado a Cara su bendición para que empezase a salir con Alex. Habían cenado juntos la primera vez allí, y a Chance le había parecido buena idea terminar el ciclo en el mismo lugar. Desde entonces, no había querido llevar a nadie más.

Además, en Claire's Joaquín podría sentarse a otra mes. Chance se estaba cansando de que tuviesen que ir los tres a todas partes.

–Si tú piensas que Claire's va a ser mejor, confío en ti.

Chance se dio cuenta de que a Gabriella seguía sin apetecerle volver a salir por Royal, pero al menos no había vuelto a utilizar aquella máscara suya para ocultar el nerviosismo.

–Por la mañana tengo reuniones por una boda y una prueba de menú. Si vinieses por la tarde, podríamos ir directos a cenar.

Ella frunció el ceño e hizo una mueca.

–No sé si te has dado cuenta, pero después de trabajar en el taller no estoy precisamente presentable.

–Yo no diría eso.

Sin darse cuenta, Chance alargó la mano y le tocó la frente. Ella sonrió.

–Además, no te olvides de que vivo justo al lado del taller, así que podrías darte una ducha si quieres.

Dicho aquello, Chance tragó saliva, consciente de que Joaquín estaba escuchando y memorizando todas sus palabras.

–Eso estaría bien –decidió Gabriella, dándole un beso rápido en los labios–. Hasta mañana.

–Hasta mañana –respondió él mientras la veía entrar en la casa.

Joaquín volvió a fulminarlo con la mirada y después se giró y le dio con la puerta en las narices.

Y Chance pensó que hacía mucho tiempo que no tenía tantas ganas de que llegase un martes.

Capítulo Once

En cuanto la puerta se cerró, Gabriella se puso alerta.

–Joaquín, te has pasado de la raya.

Este la fulminó con la mirada, pero no respondió.

Hacía mucho tiempo que Gabriella no estaba tan enfadada. A veces se disgustaba, y cuando a su hermano le habían dado permiso para tener su propio apartamento en Ciudad de México se había puesto furiosa. Y no porque su hermano fuese a marcharse de casa, sino porque la noticia había llegado acompañada de otra: que a ella no se le permitiría ir a la universidad. Por su seguridad, cómo no.

Gabriella se había revelado todo lo que había podido. Se había cortado el pelo, se había tatuado los brazos y el cuello, eso sí, con un bolígrafo, aunque ver la cara de horror de su padre había merecido la pena.

Los dibujos habían tardado varias semanas en salir de su piel; y su pelo, años en crecer.

Ella había querido ir a la universidad solo por ir como cualquier otra adolescente, había querido desplegar las alas y volar.

En circunstancias normales, cuando estaba disgustada amenazaba a Joaquín con tonterías, como cocinar o ir a comprar zapatos. Era su pequeño juego. Hacía mucho tiempo que había dejado de pedir cosas que sabía que no iba a conseguir, así que solo luchaba por nimiedades que sabía que estaban a su alcance.

Pero aquello era diferente. En esa ocasión no se trataba de ir. Ningún otro hombre, a excepción de Joaquín, le había prestado tanta atención como Chance. Ningún otro hombre la había tratado de otra manera que no fuese como a una muñeca de porcelana metida en una vitrina.

Chance la trataba como a la mujer de carne y hueso que era.

Ella no le había mentido. Cuando estaba en su rancho, montando a caballo y trabajando en el taller, se sentía como la mujer que siempre había querido ser. Aquello era parecido a lo que hacía en casa, salvo los picnics y las cenas fuera.

Chance era un hombre que hacía que se sintiese viva, que la veía antes a ella que a su apellido.

Así que tenía que luchar por aquello.

–Quiero estar con él, ¿me lo vas a impedir?

Joaquín se puso tenso, apretó la mandíbula, pero no respondió.

Ella oyó ruidos y supo que solo le quedaban unos segundos antes de que su padre o su hermano apareciesen. Si se trataba de su padre, era posible que empezase a hacerle preguntas acerca de dónde había estado y con quién. Y no quería mentirle. Al fin y al cabo, era su padre y lo quería.

–¿Vas a tratarme como si fuese una niña pequeña?

Joaquín bajó la vista a sus zapatos y ella supo que la respuesta era que sí. Entonces, además de enfadada se sintió triste. Aunque consiguiese volver a Chance, sabía que antes o después se terminaría.

Antes o después, volverían a colocarla en la vitrina, como si fuese algo frágil que hubiese que proteger por encima de todo lo demás.

–Después de tanto tiempo, tantos años a mi lado, pensé que querrías que fuese feliz. Pensé... pensé que querrías trabajar para mí, no para papá.

Joaquín siguió en silencio, mirándose los zapatos.

Gabriella sabía que su tiempo con Chance iba a ser muy limitado. Y que sus caminos no volverían a cruzarse cuando ella volviese a México.

Tal vez solo les quedase un día juntos. Una noche para sentirse todo lo especial, todo lo libre que Chance hacía que se sintiese.

Así que tendría que aprovecharlo.

***

Chance se sentó en su salón, enfrente de Joaquín.

En el piso de arriba se oía la ducha.

Su ducha, en la que en esos momentos estaba Gabriella del Toro completamente desnuda.

En otras circunstancias, Chance no habría estado allí, sumido en una lucha de miradas con otro hombre. Se habría quitado la ropa y le habría ofrecido a Gabriella frotarle la espalda. Y el resto del cuerpo.

Y se habría olvidado de la cena. No habrían salido de casa.

Pero allí estaba, con Joaquín.

La casa estaba limpia. Tenía tres habitaciones en el piso de arriba, y la cocina y un salón comedor abajo. Lupe había estado esa mañana para limpiarla. Esperaba que a Gabriella le pareciese todo bien.

Oyó cómo dejaba de correr el agua y se la imaginó secándose con la toalla, y después poniéndose unas braguitas de encaje y un sujetador a juego. ¿Habría llevado otra falda ajustada o unos pantalones?

A pesar de que no se movió, Chance estuvo casi seguro de que Joaquín había hecho un ruido con la garganta.

–Sabes que no voy a hacerle daño, ¿verdad?

Joaquín arqueó una ceja, era evidente que no lo creía.

–Y también sabes que no tengo nada que ver con lo que le ocurrió a su hermano, ¿no?

El guardaespaldas arqueó la otra ceja y lo miró con incredulidad.

Chance suspiró y pensó que la conversación habría tenido más éxito con su caballo.

—Solo quiero que esté feliz. Nada más. Así que no soy el malo de la película.

Joaquín no movió ni un músculo de la cara, pero de repente, en vez de peligroso parecía... ¿avergonzado? ¿Era eso posible?

—Ya estoy lista —anunció Gabriella desde lo alto de las escaleras.

Chance y Joaquín se levantaron al mismo tiempo, mientras ella bajaba. Se había puesto una falda color crema, una camiseta morada y unos zapatos a juego. La falda era ceñida y la camiseta no tenía mangas. Todo le sentaba como un guante.

Sí, de no haber sido por el guardaespaldas, no habrían salido de casa aquella noche.

—¿Qué te parece? —preguntó ella, girando sobre sí misma delante de Chance.

Fue entonces cuando este se dio cuenta de que la camiseta era muy escotada por detrás. Era una de esas prendas que iban sujetas al cuello y dejaban casi toda la espalda al descubierto, suplicando que la acariciasen.

Y él deseaba acariciarla.

—¿Y bien? —volvió a preguntar Gabriella sonriendo.

Él consiguió apartar la mirada de sus pechos y respondió:

–No me gustaría que te enfriases.

–¡Ah! ¡La chaqueta! Ahora vuelvo.

Y Chance clavó la vista en sus piernas mientras Gabriella volvía a subir las escaleras. Estaba deseando que terminase la cena y volver con ella a casa.

Porque tenía la esperanza de que pudiesen volver a casa. Cuando Gabriella volvió con la chaqueta color crema puesta, Chance se fijó en que no llevaba el neceser en la mano. Lo que significaba que tendría que volver más tarde a por él.

–¿Vamos? –consiguió preguntarle mientras abría la puerta.

–¿Te parece bien si conduce Joaquín? –preguntó ella en tono alegre, aunque Chance se dio cuenta de que estaba tensa.

¿Estaría nerviosa por la cena? Él había llamado para reservar dos mesas, entre ellas, la que estaba en el lugar más apartado del comedor.

Pensó que si Joaquín conducía, después tendrían que volver a llevarlo a casa.

–Me parece bien –respondió.

Abrió la puerta trasera del todoterreno para que Gabriella subiese y después se sentó a su lado, contento al ver que esta se había quedado en el centro y podían ir muy cerca.

Así que cerró la puerta, le puso un brazo alrededor de los hombros y la acercó a él.

Gabriella suspiró y amoldó su cuerpo al de él. Apoyó la cabeza en su hombro y una mano en una de sus piernas.

A pesar de la distracción, se aseguró de que Joaquín tomaba el camino acertado y fue indicándole cómo llegar a Claire's.

No pudo evitar preguntarse cuánto tiempo le quedaría. ¿Cuánto tardaría Alex en empezar a recuperarse? ¿Cuánto tardarían en atrapar a las personas que lo habían secuestrado? ¿Cuándo se marcharía toda la familia Del Toro de vuelta a México?

¿Cuánto tiempo más tendría para montar a caballo con Gabriella? ¿Para encontrársela manchada y feliz después de haber estado trabajando en el taller? ¿Para verla arreglada para salir a cenar con él?

Entrelazó los dedos con los de ella. No tenía las manos suaves de una mujer a la que le asustase el trabajo duro y estropearse la manicura. Las tenía limpias, pero con callos y pequeñas cicatrices en los dedos.

Chance esperó no estar cometiendo el mayor error de su vida.

Llegaron a Claire's a las seis y media y Chance no esperó a ver si Joaquín les abría la puerta. No pensó que le gustaría que lo tratase como si fuese un chófer. Así que abrió él la puerta y le tendió la mano a Gabriella.

Cuando esta hubo salido del coche, tampoco la soltó. Estaba cansado de fingir que no se sentía interesado por ella.

—Hola, señor McDaniel —lo saludó una camarera al verlo llegar—. Acompáñenme, por favor.

Gabriella lo agarró con más fuerza mientras atravesaban el restaurante.

–¿Has llamado para reservar?

–Esta noche no quería arriesgarme –respondió él.

Lo que incluía los preservativos. No sabía si iban a llegar a ese punto, pero después de lo ocurrido en el coche la noche anterior...

Ella le sonrió.

–Bien hecho.

El restaurante no estaba lleno, pero tampoco vacío. Chance vio a Ryan Grant cenando con una pelirroja muy guapa. Lo saludó y entonces la mujer se giró y él la reconoció, se trataba de Piper Kindred.

–¿Son tus amigos? –le preguntó Gabriella en voz baja.

–Sí.

Al parecer, Ryan y Piper salían juntos, lo mismo que Gabriella y él.

Así que Chance se tocó el sombrero a modo de saludo y después guio a su acompañante hasta la mesa del rincón.

–Que disfruten –les deseó la camarera.

Y después le hizo un gesto a Joaquín para que se sentase en una mesa pequeña que había al otro lado del pasillo. El guardaespaldas podría verlos desde allí, a ellos y al resto del restaurante, pero no estaría en su misma mesa. Eso era lo único que quería Chance.

Bueno, en realidad no era lo único que quería.

Pero aquello le bastaba por el momento.

Gabriella se sentó en la silla que Chance le había ofrecido y se concentró en respirar. Desde donde estaba, ni siquiera veía a la pareja a la que Chance había saludado al llegar. No sabía si estarían hablando de ellos, pero el saludo había sido amistoso y ni el hombre ni la mujer la habían mirado como los habían mirado la noche anterior en el club.

–¿Quieres vino? –le preguntó Chance.

–Sí, por favor.

Él también parecía más relajado que la noche anterior. Así que Gabriella pensó que ella tenía que conseguir tranquilizarse.

Alex había conseguido mantener entretenido a su padre toda la mañana. Y ella se había ocupado de tener a Joaquín haciendo recados, para que no tuviese tiempo de hablar con su padre, pero sabía que no podía hacer aquello constantemente. Antes o después, Joaquín informaría a su padre y ella no podría volver a ver a Chance.

Así que aquella noche la tenía que aprovechar. La iba a aprovechar.

Pero, lo primero iba a ser el vino.

Pidieron la cena: costillas para Chance y un filete con ensalada para ella, y una botella de vino para compartir. Gabriella intentó no mirar hacia donde estaba Joaquín, quería fingir que era libre. Quería saber cómo era vivir sin que su padre la estuviese controlando constantemente.

Y quería a Chance.

A juzgar por cómo la había mirado al bajar las escaleras de su casa, él también la deseaba.

Eso era en lo que se tenía que centrar. Tenía que relajarse y no pensar en lo que otras personas pudiesen estar hablando de ellos.

Tenía que centrarse solo en cómo la miraba Chance, como si fuese la única mujer del mundo. Como si quisiera tomarla en brazos y llevarla hasta la enorme cama que había en su habitación. Porque ella se había asomado a su habitación y había visto la cama, cubierta por una colcha azul y blanca, pasada de moda, sí, pero cuidada. Se había sentido bien en casa de Chance.

Y quería volver a aquella cama esa noche.

Levantó la vista y se dio cuenta de que Chance la estaba mirando fijamente.

–¿Sí?

–Esta noche estás preciosa.

Ella sintió calor en las mejillas y sonrió.

–Gracias.

Chance se inclinó hacia delante.

–¿Sabes cuánto tiempo más te vas a quedar en Royal?

–Hasta que a Alex le den el alta los médicos y la policía le diga que podemos volver a México.

Su hermano no parecía tener ninguna prisa.

–Así que no sabes cuándo te vas a marchar.

–No.

–¿Y entonces, volverás a la finca que tenéis cerca de Ciudad de México?

–Sí.

Ella se preguntó por qué le hacía aquellas preguntas.

–¿Nunca sales de allí? ¿Viajas?

Gabriella lo miró fijamente.

–Voy a la ciudad de vez una o dos veces al año.

–¿Y recibes visitas en la finca?

Gabriella no pudo evitarlo, miró hacia donde estaba Joaquín, que no les quitaba ojo.

–¿Por qué me lo preguntas?

Chance se miró las manos. Había empezado a frotarse las manos como si se estuviese preparando para pelear.

O como si estuviese nervioso.

–Es solo que…

Se aclaró la garganta y alargó la mano por encima de la mesa, esperando que ella le diese la suya.

–Por favor, Gabriella.

Estaba nervioso y eso hizo que ella se pusiese nerviosa también.

Pero no pudo evitar darle la mano y dejar que sus dedos se entrelazasen.

–No he tenido una relación seria en mucho tiempo. Estuve saliendo con Cara Windsor, sí, pero más que nada porque éramos amigos y nos llevábamos bien. Nunca me la imaginé viviendo en mi rancho. No le gustaba montar a caballo y le daba miedo Slim.

–¿Por qué me estás contando esto?

Gabriella no tenía ningún interés en que Chance le hablase de sus antiguas novias.

–Porque cuando Cara me dejó por Alex, me dije a mí mismo que se había terminado. No quedaban muchas mujeres solteras en Royal dispuestas a aceptar mi modo de vida. En verano me levanto antes del amanecer y no me siento hasta que se pone el sol. Huelo a establo y a vaca casi todo el día.

Le estaba desnudando su corazón.

–Por eso dejé que Cara se marchase con tu hermano, porque pensé que sería más feliz con él, que tenía la vida que ella quería.

Gabriella se puso tensa. Si hablaban de Alex tendría que mentir a Chance o traicionar a Alex, y no quería hacer ninguna de las dos cosas.

–Prefiero que no hablemos de él.

Chance asintió.

–Yo también, pero quiero que entiendas que cuando dejé de salir con Cara pensé que no encontraría jamás a una mujer que pudiese encajar en mi mundo.

Le agarró la mano con más fuerza y la miró a los ojos. Y su mirada verde hizo que Gabriella desease mucho más que tocarle la mano.

Él sonrió.

–Entonces te conocí y todo cambió.

Ella tomó aire y se agarró a él con todas sus fuerzas, como si tuviese miedo a caerse de la silla.

Chance la estaba seduciendo. Sus palabras hicieron que se olvidase de todas sus preocupaciones y que se centrase en él.

–Sé que no vamos a poder seguir haciendo esto –continuó Chance, bajando la vista a sus manos unidas–. Sé que se terminará y que tú volverás a México y yo me quedaré en Texas, pero no significa que tengamos que dejarlo morir.

–¿Qué quieres decir?

–Mi vida está aquí. Y mis tierras han estado en mi familia desde hace más de un siglo, así que no puedo separarme de ellas, pero no quiero dejarte marchar, Gabriella. Si tú quieres, podría ir a verte. Hay épocas de menos trabajo en las que podría escaparme una semana o dos. Y tú siempre serías bienvenida en el rancho.

Ella separó los labios para decir algo, pero el problema fue que no supo qué decir.

Ningún otro hombre le había dicho aquellas cosas. Ningún otro hombre había intentado hacer un esfuerzo por ella.

Chance tragó saliva.

–Lo que intento decir es que me estoy enamorando de ti y que no quiero que esto se termine cuando te marches de Texas.

–¡Dios mío! –dijo ella entre dientes.

–¿Quiere decir eso que te parece bien?

Al ver que ella no respondía, añadió:

—Si no es recíproco, lo entenderé. Tienes muchas cosas en mente y no quiero complicarte la vida todavía más. No pasa nada.

Chance intentó apartar la mano de la de ella, pero Gabriella no se lo permitió. No era capaz de encontrar las palabras adecuadas, pero tenía otras maneras de expresarse.

Así que se levantó de la silla y se inclinó hacia delante, lo agarró de la camisa y lo acercó a ella para darle un beso.

Sí, aquello era exactamente lo que quería. No quería que le hablasen de amor con palabras vacías, quería que le hablasen directamente a ella. De ella.

En esos momentos no importaba nada más. Ni que Joaquín estuviese sentado muy cerca de ellos, ni el resto de personas que cenaban en el restaurante. Tampoco le importaba lo que su hermano o su padre pensasen.

Lo único que le importaba era que Chance se estaba enamorando de ella.

Y que ella se estaba enamorando de él.

Pero el beso resultó incómodo por encima de la mesa, sobre todo, porque en ese momento llegó la camarera con la cena.

Gabriella soltó a Chance y se sentó bruscamente. Ambos se quedaron mirándose en silencio y la camarera intentó actuar como si no hubiese pasado nada. Entonces, Chance miró a la camarera y preguntó:

–¿Nos pueden poner la comida para llevar? ¿Lo antes posible?

Esta hizo una mueca.

–Por supuesto –respondió, recogiendo los platos y volviendo a la cocina.

–¿Quieres que nos marchemos de aquí? –le preguntó después a ella.

Gabriella no se molestó en mirar a Joaquín. Ya sabía que aquello no le iba a gustar, pero le daba igual.

–Sí.

Capítulo Doce

Salieron del restaurante y fueron hasta el coche. Joaquín no parecía tener prisa en llevarlos a ninguna parte, pero a Chance le dio igual. Lo dejaron atrás y se metieron los dos en la parte trasera del coche. Estaba juntos y con las ventanas tintadas, no necesitaban más.

Chance cerró la puerta, dejó la comida detrás del asiento y empezó a acariciar a Gabriella.

Ella lo acarició también con urgencia, como si no pudiese esperar más.

–Te deseo tanto –susurró Chance.

–Y yo a ti –gimió ella–. Oh, Chance.

Oírla decir así su nombre, como si lo fuese todo para ella, era lo único que Chance quería. El sexo sería increíble, estaba seguro, pero él quería mucho más que eso.

La quería a ella.

Le metió la lengua en la boca y acarició sus generosos pechos a través de la camiseta. No llevaba sujetador, y eso le encantó.

–Sí –dijo después contra sus labios–. Así es. Eres preciosa, Gabriella. Dime qué te gusta. Dime qué quieres.

Ella se quedó inmóvil de repente.

–Chance…

Pero antes de que le diese tiempo a terminar la frase, se abrió la puerta del conductor.

Joaquín. A Chance se le había olvidado completamente el guardaespaldas, e incluso que estaban en un coche.

Él se sentó recto para que Gabriella pudiese componerse. Joaquín parecía estar haciendo lo mismo, porque todavía no había entrado en el vehículo.

Gabriella se bajó la falda y después dijo:

–Joaquín, llévanos a casa de Chance, por favor.

No parecía avergonzada, sí contenta, pero no avergonzada.

Y si ella no se iba a sentir culpable, él decidió que tampoco.

Lo que no sabía era cómo iba a comportarse Joaquín. Lo miró y se dio cuenta de que lo estaba fulminando con la mirada.

–Por favor –repitió Gabriella, con una nota de desesperación en la voz.

–No le voy a hacer daño –añadió Chance, sin saber si debía hablar o no.

Pero no quería quedarse allí sentado, dentro de aquel coche. Quería ir a alguna parte en la que hubiese una cama y almohadones, y quería ir allí lo antes posible.

Pero, al parecer, Joaquín no tenía ninguna prisa. Gabriella se echó hacia delante.

–Soy yo la que toma la decisión. He decidido

que quiero ir a su casa y acostarme con él. Y esta noche no vas a poder hacer nada al respecto. Puedes cuidar de mí, como le has prometido a papá que harías, o dejarme sola.

A Chance le encantaba verla enfadada. Lo único que no le gustaba era que hubiese dicho «esta noche». No le gustaba aquello, ya que significaba que tal vez al día siguiente Joaquín sí que podría hacer algo para detenerla.

–Está bien –le dijo Gabriella a Chance, furiosa–. Sal.

–¿Qué?

–¿Crees que tus amigos del restaurante podrían llevarnos a casa?

Chance se quedó boquiabierto.

–¿O un taxi? ¿Hay taxis en este pueblo?

–Por supuesto.

Chance pensó que no quería sacar nunca el lado malo de Gabriella y que su apellido le iba como anillo al dedo, porque tenía la fuerza y la testarudez de un toro.

Pensó que tal vez estuviese exagerando un poco. En cualquier caso, no iba a dejarla sola. Abrió la puerta y sacó una pierna.

–Yo os llevaré –anunció Joaquín en ese momento, como si le estuviesen apuntando con una pistola por la espalda.

Tal vez se sintiese así.

–¿A casa de Chance? –insistió Gabriella.

–Sí –respondió el guardaespaldas suspirando pesadamente.

–Gracias.

Gabriella tiró de Chance para que volviese a sentarse a su lado y apoyó la mano en su pierna.

Y él pensó que le daba igual lo que Joaquín hiciese al día siguiente.

Lo pasó mal por no poder volver a tocar a Gabriella, pero cuando quiso darse cuenta el coche se había detenido delante de su casa. Gracias a Dios.

Él salió y esperó a que Gabriella lo imitase.

–Espera, los zapatos…

–No te van a hacer falta, yo te llevaré –le dijo él, tomándola en brazos.

–Si insistes –contestó ella, mirándolo con deseo antes de darle un beso en el cuello.

–Insisto.

Se giró hacia la puerta y vio a Joaquín justo al lado, parecía muy enfadado.

–¿Puedes vigilar la casa? –le pidió Chance–. No quiero que nadie nos moleste.

–Por favor –añadió Gabriella.

Y entonces Chance subió las escaleras y fue hacia su habitación. Estaba deseando retomar las cosas donde las habían dejado en el coche.

La sentó en la cama, donde ella se quitó la chaqueta mientras él se descalzaba a patadas. Tal vez más tarde tuviesen tiempo para ir despacio y tener cuidado, en esos momentos, no lo tenían.

Pero entonces Gabriella empezó a desabrocharle el cinturón y él se dio cuenta de que no quería ir tan rápido.

–Un poco más despacio –le dijo.

–No quiero ir despacio. Llevo mucho tiempo esperando esto y no quiero esperar ni un segundo más.

Él sonrió y la tumbó en la cama. Le dio un beso en los labios y se colocó con cuidado encima de ella.

–Quiero hacer las cosas bien, Gabriella –le dijo–. Y a veces es mejor ir despacio.

–Está bien, pero quiero verte –respondió ella, empezando a desabrocharle la camisa–. Por favor.

–Está bien, solo tienes que pedírmelo.

Dejó que le quitase la camisa y la chaqueta, y él mismo se deshizo del pantalón. No quería que Gabriella lo acariciase todavía, antes tenía que recuperar el control de la situación.

–Ahora tú –le dijo entonces, incorporándola lo suficiente para desabrocharle la camiseta y dejarla caer.

Entonces se dio cuenta de que Gabriella estaba temblando.

–Si quieres que pare… –le sugirió.

Si había cambiado de opinión, la respetaría. Por mucho que le doliese.

–¡No! No he cambiado de idea. Te deseo –le aseguró ella.

Luego tragó saliva.

Era evidente que estaba nerviosa, pero Chance no sabía por qué. Tal vez nunca hubiese estado con alguien.

Se echó hacia atrás para admirar sus pechos y se dio cuenta de que Gabriella tenía la mirada clavada en su erección.

–Eres preciosa –le dijo, tomando su barbilla para obligarla a mirarlo a los ojos.

Luego retrocedió y la ayudó a ponerse en pie. Le desabrochó la falda y la dejó caer al suelo. Se llenó las manos con la cremosa piel de sus caderas.

–Preciosa –repitió mientras metía los dedos por dentro de las braguitas y se las bajaba.

Ambos estaban completamente desnudos. Él le dio un beso en el cuello y se dio cuenta de que Gabriella tenía el pulso muy acelerado.

–¿Estás bien?

–Sí, es que… vamos demasiado despacio. Quiero ir más deprisa.

–¿Por qué?

Ella volvió a bajar la vista a su erección, dudó un instante y luego se la tocó con la punta de los dedos, casi como si tuviese miedo.

Como si nunca hubiese hecho aquello.

Y entonces fue cuando Chance se dio cuenta de lo que ocurría.

–Gabriella, ¿no has estado nunca con un hombre?

Antes de que a Chance le diese tiempo a procesarlo, ella tomó su pene con firmeza y empezó a acariciarlo.

–¿Acaso importa? Para ti no es la primera vez, ¿no?

Por supuesto que importaba. Importaba mucho. La última vez que había estado con una mujer virgen había sido cuando él mismo era virgen, y había salido tan mal que su novia lo había dejado. Era el peor recuerdo que tenía del sexo contrario.

Después había ido mejorando, por supuesto, y había tenido varias amigas que lo habían enseñado a complacer a una mujer. Así que, con treinta y dos años, se le daba bastante bien.

Pero, no obstante, Gabriella era virgen. Con veintisiete años.

–Tal vez no deberíamos estar haciendo esto.

Ser el primero era una gran responsabilidad. Todavía mayor si tenía en cuenta todo el tiempo que Gabriella había esperado.

–¡No! –respondió ella–. Quiero hacerlo.

Se arrodilló y Chance supo lo que iba a hacer, e intentó impedírselo, pero Gabriella estaba decidida a conseguir que cambiase de opinión.

Se arrodilló ante él y le dijo:

–Sé la teoría. Me han dicho que no me va a doler porque paso mucho tiempo montando a caballo.

Entonces se inclinó hacia delante y apoyó sus maravillosos labios en él.

–No me niegues esto, Chance, por favor.

Lo tomó con la boca y consiguió hacer que él se tambalease.

No pudo evitar preguntarse si también era la

primera vez que hacía aquello, tan bien. Sí, porque no estaba del todo segura. Era increíble que siguiese siendo virgen con veintisiete años.

Que él fuese el primero.

Miró hacia abajo y pensó que aquello iba a ser complicado. Tenía que conseguir que mereciese la pena para Gabriella, y evitar que se sintiese mal por no tener experiencia.

–Por favor –le dijo ella, aprovechando para tomar aire y acariciándole el muslo–. Por favor, Chance. No me trates como a una muñeca de porcelana. Sé que me deseas. ¿No te das cuenta de cuánto te deseo yo?

Y volvió a tomarlo con la boca.

Quería que la tratase como a una mujer que hacía carreras a caballo y que estaba preciosa con un delantal de trabajo.

Chance le acarició el pelo.

–Despacio –le dijo entre dientes–. Ve despacio. Deja que te vea.

Entonces Gabriella levantó la vista y la imagen fue tan inocente y sensual al mismo tiempo… Parecía tan desesperada por él, por recibir su aprobación, que Chance se sintió como si le acabasen de echar un jarro de agua fría.

Ella fue más despacio. Lo lamió como si fuese un cucurucho de helado y fuese a devorarlo mordisco a mordisco.

Sí, consiguió ir despacio y hacer que Chance perdiese la razón.

–Sí –gimió–. Justo así.

Ella se apartó y le dio un beso en el muslo.

—¿Te ha gustado?

—Me ha encantado.

Ella lo miró, sonriendo con satisfacción. Y Chance la ayudó a incorporarse.

—Ahora me toca a mí, belleza.

Antes de tumbarla en la cama, la abrazó con fuerza y le dijo:

—Si algo no va bien, me lo dices, ¿de acuerdo?

Y ella se sintió tan bien contra su pecho, con la cabeza apoyada en su hombro.

—¿Puedo hacerlo?

La pregunta hizo que a Chance se le rompiese un poco el corazón. Gabriella ni siquiera sabía que tenía derecho a decidir acerca de su propio placer.

—Sí —respondió—. Si quieres algo, solo tienes que pedírmelo, nena.

Entonces la ayudó a tumbarse y preguntó:

—¿Quieres que te haga lo que tú me has hecho a mí?

Gabriella se puso tensa.

—Pienso que sería mejor… ya sabes… antes…

Era evidente que seguía nerviosa.

—Está bien, tal vez luego.

—Tal vez.

Chance sacó un preservativo de la mesita de noche y se lo puso bajo la atenta mirada de Gabriella. Luego se tumbó encima de ella y notó que se ponía tensa. Intentó ayudarla a relajarse, pasó la lengua por los pezones endurecidos y luego sopló sobre ellos. La oyó dar un grito ahogado.

—¿Estás bien?

—Sí.

—Bien.

Luego subió con los labios hasta su cuello y volvió a besarla mientras le acariciaba los pechos. Después bajó la mano y la acarició entre las piernas, notó que temblaba.

—¿Bien?

—Sí, Chance —le susurró ella al oído.

Él le metió un dedo y notó que sus músculos internos se tensaban, y estuvo a punto de perder el control, pero se concentró en ella, en besarla y acariciarla.

Nunca había necesitado tanto a una mujer, pero tenía que hacer aquello bien.

Capítulo Trece

Gabriella casi no podía respirar. Chance le estaba haciendo cosas... cosas acerca de las cuales había leído, cosas con las que había soñado, pero no había estado preparada para algo así.

Se había acariciado sola. Al fin y al cabo, era humana. Con unos quince años, había descubierto que le gustaba tocarse, y Chance la estaba tocando de aquella manera que tanto le gustaba.

Pero también por dentro, y la sensación era mucho más fuerte de lo que ella había imaginado. Aunque no sabía si estaba haciendo las cosas bien. Se había lanzado a sus brazos de una manera tan escandalosa que todavía no se lo podía creer.

Él se echó hacia atrás.

–Eres tan bonita –le dijo en un tono que hizo que Gabriella se pusiese a temblar.

Entonces apoyó su erección contra ella y empujó suavemente. Gabriella no supo qué debía sentir. Chance la fue penetrando muy despacio, poco a poco, mientras la besaba en los labios, en el cuello, en los hombros.

No le dolió. Tampoco se sentía del todo cómoda, pero había leído que en ocasiones dolía, y a ella no le dolía nada.

Cuando la hubo penetrado por completo, Chance preguntó:

—¿Estás bien?

Y ella no supo qué responder.

—Supongo que sí —dijo con cautela.

Chance no se echó a reír ni se burló de ella, sino que respiró hondo y movió las caderas con cuidado.

—Yo no podría estar mejor —añadió.

—¿De verdad?

—Sí —admitió sonriendo.

Y eso hizo que Gabriella se olvidase de todo lo demás y que pensase solo en que estaba allí, con él.

—Ahora llega la parte divertida —anunció Chance.

Empezó a moverse, a entrar y salir de su cuerpo, despacio, no con fuerza ni con prisa, como Gabriella había visto en alguna película. Sino lentamente, como le había prometido. Y no dolió.

Chance siguió moviéndose y, de repente, el mundo de Gabriella cambió.

—¡Ah! —gimió, y la sensación fue aumentando rápidamente.

Era como si el cuerpo de Chance fuese un martillo trabajando el de ella cual delicada pieza de oro.

Como si Chance fuese el artista y ella el me-

154

dio. Tomó uno de sus pezones con la boca y volvió a golpearla con las caderas. Luego la agarró por el trasero y la ayudó a abrazarlo con las piernas por la cintura.

—Es increíble —le dijo él en voz baja.

—Sí —respondió ella, sintiendo que su cuerpo iba por libre.

De repente, ya no hacía falta que Chance le moviese las piernas o los brazos, estos se movían solos para acariciarlo, sus caderas subían y bajaban solas.

—¿Te gusta? —preguntó Chance.

—Sí.

Le gustaba, pero…

—Necesito más.

—Solo tienes que pedírmelo.

Chance se puso de rodillas en la cama para tomarla desde otro ángulo, se chupó los dedos y le acarició el sexo con ellos.

—Ah. ¡Ah!

Abrumada por el placer, Gabriella buscó algo a lo que aferrarse, pero lo tenía demasiado lejos para abrazarlo o besarlo, así que tuvo que contentarse con agarrarle el brazo. No obstante, no fue suficiente. Jamás había imaginado que se pudiese sentir tanto placer.

—Venga, nena, termina. Hazlo por mí —le pidió él entre dientes.

Y ella quería, quería llegar al clímax, pero entonces se preguntó qué pasaría si no lo conseguía. ¿Se sentiría insultado Chance?

Él se inclinó hacia delante y le dijo:

–Enséñame qué es lo que necesitas.

Y ella tomó su mano y lo guio, lo enseñó a acariciarla como siempre le había funcionado antes.

Entonces sintió que la invadía una ola de calor y lo miró a los ojos.

–Eres preciosa –rugió él antes de dejarse caer sobre su cuerpo y dejar de controlar sus movimientos.

Ya no estaba haciendo un esfuerzo por contenerse, ya no estaba siendo paciente.

Y entonces Gabriella tuvo el clímax más intenso de toda su vida. Su cuerpo lo rodeó y lo apretó con fuerza y ella pensó que aquello era una obra de arte que habían hecho juntos.

Cuando quiso darse cuenta ambos estaban tumbados en la cama y Chance la estaba abrazando.

–¿Te ha dolido? –preguntó preocupado.

–¿Qué? No... ha sido...

Y entonces se dio cuenta de que estaba llorando.

No era posible que estuviese llorando, en la cama de Chance.

Aquella era la situación más incómoda que había vivido.

Enterró el rostro en el hombro de Chance, demasiado avergonzada para mirarlo a los ojos. Este se echó a reír, y Gabriella no supo si se estaba riendo de ella o no.

–¿Te ha gustado o no?

Ella asintió contra su pecho, aliviada porque Chance no se había dado cuenta de que estaba llorando. ¿Por qué lloraba? Había sido lo más maravilloso de toda su vida. Exactamente lo que había querido, con lo que había estado soñando tantos años. Chance había puesto sus necesidades por delante de todo lo demás, no la había tratado como a un objeto frágil, ni como a una mujer con la que pudiese hacer lo que quisiera.

–¿Ha sido la primera vez?

Ella asintió. Se sentía como una tonta.

Chance se apartó y le levantó la barbilla, y Gabriella tuvo que mirarlo.

–Eres increíble, ¿lo sabes? Me alegro mucho de que hayas venido. Eres lo más bonito del mundo.

–Pero soy un desastre.

Él sonrió, fue una sonrisa que hizo que Gabriella se sintiese segura entre sus brazos, y que sintiese que no pasaba nada por estar lloriqueando en su cama.

–No eres un desastre, eres una mujer. La mujer de la que estoy enamorado.

–Ah.

Gabriella dejó de sentirse como una idiota.

Y se sintió como en casa.

–Ojalá pudieses quedarte a pasar la noche.

Gabriella había salido de la cama para ir a

asearse al cuarto de baño y después había vuelto a la cama con él, a abrazarlo. Una parte de Chance deseó que se quedase dormida para que no se marchase de allí.

Pero en el fondo sabía que eso no iba a ocurrir. Aquel momento era solo eso, un momento. Que iba a durar muy poco.

–Ojalá pudiese –dijo ella, pasándole un dedo por el pecho.

–No nos queda mucho tiempo, ¿verdad?

Gabriella le había entregado su virginidad. Y o la cosa había ido muy mal o… El caso era que la había hecho llorar. Y era la primera vez que le ocurría. Le había aterrado hacerle daño, pero no pensaba que hubiese sido el caso. En su lugar, Gabriella había desnudado sus sentimientos ante él.

Chance todavía no podía asimilar todo lo ocurrido, así que se limitó a abrazarla.

Ella suspiró contra su pecho y se aferró a él.

–No, no tenemos mucho tiempo –admitió en tono triste.

Él se dio cuenta de que estaba respondiendo a otra pregunta, a una que no tenía nada que ver con aquella noche, sino con el día siguiente. Y el siguiente, y el siguiente.

De repente, Chance empezó a hablar sin estar seguro de que lo que iba a decir.

–Podemos intentar que esto funcione si tú quieres. Mi puerta siempre estará abierta para ti, y podría ir a verte, solo tienes que pedírmelo.

Ella tardó mucho en responder.

–Quiero… –empezó por fin, pero no supo cómo expresarlo con palabras–. Quiero estar contigo todo el tiempo posible.

Porque llegaría el día en que no podrían estar más juntos.

–Empecemos por mañana –le sugirió Chance–. ¿Qué quieres hacer?

Ella volvió a acariciarlo y Chance tuvo que hacer un esfuerzo por controlarse.

–Tal vez sospechen si pasamos otra noche juntos…

Él repasó su agenda mentalmente. Febrero era una época de poco trabajo. Y no tenía nada urgente para el día siguiente.

–Tengo todo el día libre –anunció–. ¿Podrás venir a trabajar en el taller?

–Eso espero.

–Pues hazlo, y yo me ocuparé de que Franny nos prepare algo de comer.

–¿Y solo vamos a comer juntos? –preguntó Gabriella sonriendo.

–Yo tengo toda la tarde, nena.

–Sí. Eso es lo que quiero.

–Bien.

Chance oyó pasos en el piso de abajo y se dio cuenta de que Joaquín se estaba impacientando. Así que le dio un beso a Gabriella en los labios y esperó que realmente pudiese volver al día siguiente.

–Porque eso es lo que quiero yo también.

Durante tres días, tres de los mejores días de la vida de Chance, hicieron lo que quisieron.

Cuanto más tiempo pasaban juntos, más cómoda se sentía Gabriella para decirle lo que quería, y cuanto más hacían el amor, más deseaba Chance volvérselo a hacer.

Para contentar a Joaquín, le pedía a Franny que le pusiese una ración doble de lo que hubiese cocinado cada día. Y el guardaespaldas se quedaba en el piso de abajo, o dando paseos a lomos de Bestia alrededor de la casa, mientras ellos estaban en la cama juntos.

Llegó el sábado, y como Slim no trabajaba, Gabriella no tuvo ninguna excusa para ir al rancho.

Habían quedado para ir a cenar a Claire's otra vez, para ver si en aquella ocasión conseguían cenar, y el plan era que Gabriella llegase sobre las cinco.

No obstante, Chance estaba duchado y afeitado a las tres y media, así que tenía hora y media para mirar el reloj.

Mandó un par de correos electrónicos y siguió mirando el reloj.

Hasta que por fin oyó llegar un coche y fue hacia la puerta.

Pero no se encontró con Gabriella, sino con Cara Windsor. Y estaba llorando.

160

–¿Cara? –le preguntó mientras ella lo abrazaba–. ¿Qué te pasa?

–No sabía adónde ir ni en quién confiar, lo siento –balbució ella.

–No pasa nada, cuéntame qué ocurre.

Hacía mucho tiempo que conocía a Cara, habían sido amigos antes de convertirse en amantes y después habían quedado otra vez como amigos al romper su relación.

–Lo he estropeado todo.

–¿Qué ha ocurrido?

–Fui a ver a Alex y no me reconoció… Hicimos el amor. Para ver si eso lo ayudaba. Para ver si se acordaba de mí.

–Muy bien… –dijo él, pensando que no necesitaba para nada aquella información.

–Y me he quedado embarazada –terminó Cara, poniéndose a llorar desconsoladamente.

–Oh, cielo –intentó reconfortarla él, acariciándole la espalda.

–Ahora no sé qué hacer –gimoteó Cara–. Y no sabía a quién contárselo. ¿Qué le voy a decir a mi padre?

Él intentó pensar con frialdad.

–¿Has ido ya al médico?

Cara negó con la cabeza, que tenía apoyada en su hombro.

–Pues tienes que hacerlo. Pide una cita y luego ya veremos, ¿de cuerdo? Lo más importante es que te cuides y que cuides del bebé. Todo lo demás es secundario.

Ella sonrió débilmente y asintió. Y Chance pensó que lo que había sentido por Cara no se parecía en nada a lo que sentía por Gabriella.

–Eres un buen hombre, Chance –dijo ella–. Tenía miedo de que me dijeses que lo que me había ocurrido era lo que me merecía por haberte dejado.

–Jamás te habría dicho algo así.

–Sí. Sabía que podía confiar en ti.

Cara le dio un beso en la mejilla y Chance oyó un grito ahogado.

Era Gabriella, que los estaba mirando.

–Nena –dijo Chance, intentando acercarse a la puerta, donde estaba ella.

Pero Gabriella se dio la media vuelta y se marchó.

–¿Era... la hermana de Alex? –preguntó Cara, soltándolo por fin.

Pero él no respondió. Salió corriendo de la casa, pero Gabriella ya se había metido en el coche.

–No era lo que parecía –le aseguró Chance–. Necesito hablar con ella, Joaquín.

–Vámonos –ordenó Gabriella a su guardaespaldas.

Y Chance se maldijo al darse cuenta de que estaba llorando.

–Tengo que hablar con ella. No he hecho nada.

Joaquín sacó la pistola y le dio un fuerte golpe con ella en el vientre.

Cara apareció en la puerta.

–¿Qué ocurre? –preguntó, y después gritó–: ¡Chance! ¡Tiene una pistola!

–Ve dentro, Cara. Joaquín, nunca le haría daño a Gabriella y tú lo sabes.

–¡Joaquín! ¡Llévame a casa ahora! –insistió Gabriella histérica.

–Mantente alejado de ella –le dijo a Chance el guardaespaldas antes de guardar la pistola y sentarse detrás del volante, dejando a Chance envuelto en una nube de polvo.

Él solo pudo ver desaparecer el vehículo a toda velocidad. El dolor del golpe era tan fuerte como el de ver a Gabriella alejarse.

–¿Chance? –lo llamó Cara, acercándose–. ¿Estás bien? ¿Te ha disparado?

–No.

–Era la hermana de Alex, ¿verdad? Ha sido todo culpa mía, ¿no?

–No, ha sido solo un malentendido –le aseguró él–. Lo aclararemos.

–No sabía que estabas saliendo con ella –continuó Cara, volviendo a llorar–. Iré a verla.

–Yo me ocuparé de todo. Tú cuídate, Cara. Y cuida del bebé.

–¿Se lo vas a contar a Alex?

–No es mi papel.

Se quedaron allí en silencio unos minutos. Chance miró sus tierras y pensó que siempre había soñado con poder dejárselas a su hijo algún día.

Capítulo Catorce

Chance tardó casi cuarenta minutos en conseguir que Cara se marchase después de haberle prometido que el lunes por la mañana llamaría al médico.

No tenía ningún plan. Solo sabía que tenía que encontrar a Gabriella. No podía marcharse pensando que la había engañado ni que no la quería. Eso no iba a ocurrir.

Lo que le sorprendió fue que el Ferrari rojo de Alex lo adelantase en la carretera. Chance pisó el freno al reconocerlo y Alex hizo lo mismo.

Ambos salieron del coche a la vez.

–¿Alex? –preguntó Chance–. Tío, ¿dónde…?

No pudo decir nada más antes de que Alex le pegase un puñetazo en el ojo.

–Pero… –balbució, tambaleándose.

–Levántate para que pueda darte otro puñetazo, McDaniel –rugió Alex.

–No sin un buen motivo para hacerlo –replicó Chance, dándose cuenta de repente de cómo lo había llamado Alex–. ¿Sabes quién soy?

–Por supuesto que sé quién eres. Le has roto el corazón a mi hermana.

–¡No le he roto el corazón a nadie! –replicó él.

–¿Con quién estabas? –inquirió Alex–. ¿Con una clienta? ¿O era una antigua novia?

Intentó golpearlo otra vez y Chance tuvo que sujetarlo por la cintura.

–Cállate y escúchame –le dijo–. Era una antigua novia, sí, Cara Windsor. ¿Te acuerdas de ella? Salía conmigo, pero se enamoró de ti.

–¿Cara? ¿Y qué hacías con Cara? Voy a matarte, McDaniel.

–Cállate y escúchame.

–¿Para qué? ¿Vas a contarme que has intentado recuperarla mientras yo estaba enfermo?

–No puedo darte un puñetazo porque estás enfermo, así que escúchame.

–Está bien, te doy dos minutos.

Chance respiró hondo. Le dolía mucho la cabeza, pero recordó que le había prometido a Cara que no le contaría a Alex que estaba embarazada.

–¿Sabes por qué ha venido Cara a llorar sobre mi hombro? Porque eso era lo que estaba haciendo, llorar, porque está muy preocupada por ti a pesar de que eres un cerdo y un mentiroso.

Era casi la verdad. Cara llevaba semanas muy preocupada por Alex.

–¿Tú también crees a los que dicen que fui yo quien te secuestró, Alejandro? –añadió.

–No me llames así.

–¿Por qué no? Es tu nombre.

–Ya no.

Chance levantó las manos.

–¿Y tengo que creerte? Ni siquiera sé quién eres ni a qué viniste a Texas. Solo sé que, por ser tu amigo, me has destrozado la vida por completo, y también sé que estoy enamorado de tu hermana.

No había querido decir aquello último, pero se le había escapado.

Ambos se quedaron en silencio unos segundos y, al ver que Alex no intentaba darle otro puñetazo, Chance sacudió la cabeza.

–Mira, no sé quién eres ni por qué fingiste ser mi amigo. Y la verdad es que ya no me importa. Voy a ir a hablar con Gabriella. Jamás le haría daño ni la engañaría.

Se dio la media vuelta y echó a andar hacia el coche.

–Espera –lo llamó Alex–. Joaquín te va a matar. Me sorprende que no lo haya hecho ya.

–¿Qué más te da a ti?, me arriesgaré.

–No –insistió Alex, yendo tras de él y agarrándolo del brazo–. Gabriella se moriría si te pasara algo.

Chance se giró para mirarlo.

–Entonces, ¿ya te acuerdas de ella?

Alex no fue capaz de mirarlo a los ojos.

–Es mi hermana. Haría cualquier cosa por protegerla.

–Pues deja de protegerla. Es una mujer adulta. Deja que haga lo que le dé la gana. Es lo único que quiere.

–Hablaré con ella –le dijo Alex, como si no hubiese oído lo que Chance acababa de decirle–. Está disgustada. Ha dicho que otra mujer te estaba besando. Es la primera vez que le rompen el corazón.

Miró a Chance y preguntó en tono más tranquilo:

–¿Te estaba besando Cara?

–¡Me estaba dando un beso en la mejilla! Solo había venido a llorar sobre mi hombro. ¿Sabes lo preocupada que está por ti? Cara no quiere tener nada conmigo y, aunque así fuera, yo siempre respeto a mis amigos, no como otros.

Dicho eso, se zafó de él y siguió andando hacia el coche.

–Si vas a mi casa Joaquín te matará –repitió Alex.

–No la voy a dejar marchar. No así –replicó Chance.

–Deja que hable yo con ella. Te lo debo. Por favor.

Chance lo fulminó con la mirada.

–Me debes mucho más que eso, amigo. También se me ha olvidado comentarte que todo el pueblo piensa que intenté matarte.

Alex se mostró muy avergonzado al oír aquello.

–Deja que hable con ella. Le explicaré lo que

ha ocurrido. Tiene que tranquilizarse, cuando ella se calme, Joaquín lo hará también.

–¿Y esperas que te crea, después de todo lo que me has mentido?

–No quiero sentirme culpable de tu muerte, Chance –le dijo Alex en tono sincero–. Siempre has sido y serás mi amigo. Y eso es real.

–No te creo.

–Pues créeme cuando te digo que nunca había visto a Gabriella tan feliz como contigo. Es como… como si se hubiese convertido en la mujer que siempre había querido ser. Sé cómo es nuestro padre, yo he intentado alejarme de él, pero es como una sombra… En cambio ella no había tenido la oportunidad. Hasta que te conoció.

–Como vuelvas a jugármela no tendremos que preocuparnos por Joaquín, ¿entendido? –le advirtió Chance.

Alex suspiró.

–Entendido. Te llamaré mañana. Tendremos que trabajarnos a mi padre. Espero conseguir que Gabriella pueda salir a la hora de cenar, ¿te parece bien?

–Está bien, llámame mañana.

–Lo haré.

–¿De modo que esa era Cara? ¿Cara Windsor? ¿La mujer que está enamorada de ti? –le preguntó Gabriella a su hermano–. Y no se estaban besando, solo la estaba reconfortando, ¿no? Porque estaba... ¿preocupada por ti?

—Sí –respondió Alex.

—Entonces, ¿ha sido todo un malentendido?

—Sí.

—¿Dónde está tu teléfono?

—¿Para qué?

—Yo no tengo el número de Cara Windsor. Tú sí. Llámala, quiero hablar con ella.

Alex palideció.

—No sé si va a ser buena idea.

—¿Qué es lo que no te parece buena idea? ¿Que hable con ella? ¿Que intente solucionar un problema yo sola? ¿Que sea responsable de mi propio destino?

Alex cedió y fue a buscar su teléfono para llamar a Cara.

—¿Alex? –respondió esta–. He estado tan preocupada por ti, ¿cuándo podré verte?

—Soy Gabriella del Toro, la hermana de Alex.

—Ah.

—Alex está bien. Creo que ha habido un malentendido y me gustaría hablar contigo en persona para poder aclararlo.

—Chance jamás te engañaría –le aseguró Cara llorando–. Jamás engañaría a nadie, él no es así. Es todo culpa mía.

—¿Podemos vernos en algún sitio para hablar?

—Está bien, ¿podemos vernos en la cafetería dentro de una hora? ¿Te parece bien?

Gabriella se miró el reloj. Eran las siete. A las ocho la cafetería estaría tranquila. Y ella necesitaba retocarse el maquillaje y cambiarse de ropa.

–Me parece bien. Hasta luego.

Terminó la llamada y le devolvió el teléfono a su hermano.

–Gracias.

–No le digas que he recuperado la memoria.

–¿Por qué no? Está preocupada por ti. Y yo estoy cansada de vivir con tus mentiras.

–Te prometo que pronto se terminará.

Gabriella deseó poder creerlo.

Una hora más tarde, Joaquín detuvo el coche delante de la cafetería.

Gabriella reconoció a Cara nada más entrar y fue a sentarse enfrente de ella.

Una camarera se acercó inmediatamente con un café y preguntó:

–¿Algo más?

–Estamos bien, Amanda –respondió Cara–. Gracias.

Esperó a que la camarera se hubiese marchado y añadió:

–¿Cómo está Alex? ¿Se acuerda de mí?

Y se echó a llorar.

–Está… mejor –respondió Gabriella, sintiendo pena por la otra mujer.

–Bueno, más vale eso que nada… Me alegro de que me hayas llamado. Me sentía fatal por lo ocurrido. Necesitaba un amigo y Chance es eso, un amigo. Es un hombre maravilloso, que se preocupa por sus amigos… Hoy he ido a verlo porque estoy embarazada de Alex y él no se acuerda de mí. Y yo… no sé qué hacer.

–¡Dios mío! –susurró Gabriella, intentando procesar aquella información–. ¿Estás embarazada?

–Me gustaría poder contárselo a Alex, a ver si así recuerda. Solo quiero que se acuerde de que me quería.

–Entonces, ¿no hay nada entre Chance y tú?

Cara negó con la cabeza.

–Somos amigos. Siempre lo hemos sido. Y creo que siempre lo seremos, pero nada más. Yo quiero a Alex Santiago –explicó, volviendo a llorar–. Al hombre que pensaba que era Alex.

Gabriella no pudo evitarlo, alargó la mano y tomó la de Cara.

–Él también te quería. Estoy segura. Y pienso que todavía te quiere, pero está muy encerrado en sí mismo.

–Gracias por dejar que te explique lo ha ocurrido con Chance. Quiero que sea feliz. Es un buen hombre. Yo intenté quererlo, pero después conocí a tu hermano… Le pedí a Chance que no le contase a Alex que estoy embarazada. ¿Puedo pedirte lo mismo a ti? Me gustaría contárselo en persona. Tal vez eso ayude.

–En cualquier caso, ese niño será parte de la familia, lo que hace que tú también lo seas–. No se lo contaré a Alex, pero si puedo hacer algo más para ayudarte, pídemelo.

–Lo único que quiero es recuperar a Alex –dijo Cara.

–Como todos –admitió Gabriella.

Capítulo Quince

Chance durmió fatal, con el teléfono en la mano, las botas junto a la cama y una bolsa de hielo en la cara. Sabía que Gabriella no iba a llamarlo a las cinco de la mañana, pero no pudo evitarlo.

Mientras preparaba un café a las cinco y cuarto de la madrugada, pensó que no tenía que haber confiado en Alex, que tenía que haber ido directamente a hablar con Gabriella.

Vio cómo pasaban las seis y las siete de la mañana, y cuando dieron las ocho había bebido tanto café que estaba como un flan.

A las ocho y media, cuando le sonó el teléfono, casi no fue capaz de responder de los nervios.

—¿Dígame?

—¿Chance? Dime que Gabriella está contigo —le pidió Alex asustado.

—No está conmigo. Estaba esperando tu llamada. ¿Dónde está?

—No lo sé. No está en su habitación y Joaquín dice que no la ha visto esta mañana.

—¿Has buscado por la casa?

—He mirado por todas partes y no está.

Chance sintió pánico.

–Voy para allá.

Colgó el teléfono y llamó a todos sus empleados para contarles que no encontraban a Gabriella, para que la buscasen.

Llegó a casa de Alex en tiempo récord. Era
evidente que no habían llamado a la policía.
Entró sin llamar y vio a Alex hablando por teléfono y a Joaquín tirado en el sofá. Era evidente
que la cosa pintaba muy mal.

–He pedido que busquen por todo mi rancho –anunció–. ¿Se puede saber dónde está tu
padre?

–En una reunión, ¿te lo puedes creer? –dijo
antes de colgar–. Ya he avisado a Nathan.

Luego lo miró fijamente y añadió:

–Siento lo de tu cara.

Chance miró a Joaquín y se sintió furioso.

–¿Por qué te has separado de ella? ¿Por qué
has permitido que se la lleven? Ha sido culpa
tuya.

–No –dijo una voz a sus espaldas–. Yo he or-
denado que se llevasen solo a Gabriella.

–¿Otro de tus enfermizos juegos? Me das
asco. Me da asco cómo tratas a tu hija, a tus hijos.

Chance se dio cuenta demasiado tarde de que
le estaba gritando al padre de Gabriella, pero no
le importó. Aquel hombre era un monstruo.

Rodrigo no se inmutó. Se limitó a mirar a
Alex y le preguntó:

–¿Y este era tu amigo?

Luego miró a Joaquín.

–¿Este es el hombre con el que has permitido que pase tiempo mi hija? –preguntó con desprecio–. Te había confiado la cosa que más quiero y me has defraudado. Ya no vamos a necesitar tus servicios en la familia Del Toro.

–Gabriella no es una casa –rugió Chance.

Nunca había tenido tantas ganas de pegar a un hombre en toda su vida.

–Es una mujer. ¿Dónde está?

–Cuando Joaquín me contó que estaba teniendo una relación con un ranchero, tuve que ponerle fin. No podía permitirlo.

–¿Qué has hecho, papá? –preguntó Alex con verdadera preocupación.

A Chance le sorprendió que no estuviese más enfadado.

–Raoul Viega ha venido a buscarla. Es evidente que Gabriella no es feliz en Las Cruces. Y también es evidente que está preparada para casarse. Raoul pertenece a una buena familia. Su padre es un buen socio. Esto consolidará nuestra unión y Raoul cuidará de ella.

–¿Se la has dado a Raoul? –preguntó Chance con incredulidad.

–Es mi hija –replicó Rodrigo–. Puedo hacer con ella lo que quiera.

–De eso nada.

Chance se giró hacia donde estaba Joaquín.

–Tengo libre un puesto de jefe de seguridad

en McDaniel Acres. Es un puesto nuevo. ¿Te interesa?

–¿Qué?

–Él te ha despedido y yo te contrato. Tu primera misión consistirá en encontrar a Gabriella. ¿Estás de acuerdo?

Joaquín se quedó mirándolo y Chance se volvió hacia Alex.

–¿Tú vienes?

–Ni se te ocurra –lo amenazó Rodrigo–. Alejandro, no se te ocurra ir en contra de mis órdenes directas.

A sus espaldas, Chance oyó cómo Joaquín se ponía en pie. Se preparó para recibir un golpe, pero se llevó una gran sorpresa.

–Se han marchado hace una hora. Conozco el coche.

Rodrigo se puso furioso.

–Pagarás por esto, Joaquín.

Chance siguió mirando a Alex.

–¿Vienes o no? No me puedo quedar aquí esperándote todo el día.

–¡Alejandro! –rugió Rodrigo.

Alex bajó la cabeza como un niño pequeño al que le hubiesen pegado demasiadas veces, pero luego la volvió a levantar. Tenía la mirada brillante.

–Me llamo Alex –le dijo a su padre mientras echaba a andar hacia la puerta.

–Vamos –añadió Chance, dándole una palmada en la espalda a su amigo e intentando ignorar las amenazas que seguía emitiendo el padre de este.

Tenían que encontrar a Gabriella antes de que cruzase la frontera. Aunque esta no quisiera saber nada de él, no podía permitir que un niño de papá se la llevase y se casase con ella.

–Llama a Nathan y cuéntale todo lo que sabemos. Tal vez algún amigo suyo pueda interceptar el coche antes de que llegue a la frontera.

–Hecho. Te seguiré en mi coche –le respondió Alex, sacando el teléfono mientras Joaquín se montaba en el coche.

–De acuerdo –fue lo último que dijo Chance antes de arrancar.

Capítulo Dieciséis

–Quiero ir a casa –pidió Gabriella intentando hablar con normalidad.

Raoul resopló de un modo que a ella siempre le había recordado a un cerdo en su comedero.

–Pronto llegaremos a casa. Te gustará Casa Catalina. Tu padre hará que te manden todas tus cosas y no te faltará de nada.

–Quiero volver a casa de Alex. Ahora mismo.

Raoul volvió a resoplar y después alargó la mano y le agarró el muslo con más fuerza de la debida.

–Te acabará gustando Casa Catalina. Y te acabaré gustando yo. Nos casaremos la semana que viene.

Volvió a apretarle la pierna con la fuerza suficiente como para dejarle marcas a pesar de los vaqueros que se había puesto aquella mañana deprisa y corriendo, cuando Joaquín había entrado y le había dicho que se vistiese.

Le dolió, pero se negó a gimotear. No iba a permitir que aquel hombre se diese cuenta de que estaba aterrorizada.

–Cuando mi padre se entere de lo que has

hecho… –le dijo, sabiendo que no iba a pasar nada.

–Tienes que saber, muñequita, que tu padre me llamó ayer y me pidió que viniese a buscarte. Me dijo que ya no estabas a salvo en Estados Unidos.

«Muñequita», se suponía que tenía que ser un término cariñoso, pero a Gabriella le molestó que a llamase así. Una muñeca de porcelana que había que guardar en una urna de cristal para protegerla. Protegerla de la vida. Tanto para su padre como para Raoul no era más que eso, una muñeca.

Mantuvo la boca cerrada porque supo que no merecía la pena discutir e intentó valorar sus opciones. Podía golpearlo con algo, con su bolso. O intentar bajarse del coche y pedir ayuda. Tenía el teléfono móvil, se preguntó si la policía acudiría si marcaba el número de emergencias.

Si pegaba a Raoul podían tener un accidente de coche.

Por primera vez, Gabriella entendió cómo debía de haberse sentido su madre cuando la habían secuestrado en el mercado muchos años antes. ¿Estaba ella, como su madre, dispuesta a arriesgar la vida para volver con el hombre al que amaba?

Si no golpeaba a Raoul, ¿qué otras opciones tenía?

Podía decirle que necesitaba ir al baño antes de cruzar la frontera e intentar escapar entonces. O también podría montar un escándalo en la frontera misma. Aunque la detuviesen por desorden público, evitaría entrar en México con Raoul. Una vez allí sería mucho más difícil escapar.

Se preguntó qué habría hecho su madre. Su madre habría golpeado a Raoul, no habría esperado el momento adecuado. Su madre habría luchado por volver con sus hijos. Durante mucho tiempo, Gabriella había estado enfadada con ella por haber intentado escapar, pero en esos momentos la comprendía. El miedo la había llevado a tomar medidas desesperadas.

De todos modos, si iba a golpear a Raoul, sería mejor que este no estuviese conduciendo.

Esperaría a llegar a un lugar en el que hubiese gente.

De repente, Gabriella vio una ranchera azul justo al lado del Porsche y pensó sorprendida que se parecía mucho al coche de Chance.

La ranchera los adelantó y después se detuvo bruscamente unos metros por delante de ellos, bloqueando la carretera.

–¿Qué carajo? –espetó Raoul, girando el volante de golpe.

Joaquín salió del coche y echó a andar hacia el Porsche.

–¡Mierda! –gritó Raoul, dando otro volantazo.

El coche se detuvo en medio de la carretera y, de repente, Gabriella se dio cuenta de que

Raoul estaba intentando abrir la guantera, sin duda, para sacar algún arma que tenía guardada en ella. La abrió y ella la cerró con fuerza y le pilló los dedos. Raoul gritó del dolor y solo unos segundos después se abría la puerta del conductor y sacaban a Raoul a tirones.

La puerta de Gabriella se abrió también y allí estaba Chance, tendiéndole la mano.

–¿Estás bien, nena?

–Quítame las manos de encima, idiota –gritaba Raoul desde el otro lado del coche.

–Ya puedes salir –le dijo Chance a ella–. No volverá a tocarte.

Gabriella le dio la mano y salió del coche. Todo su cuerpo estaba temblando.

–Ya está, nena. Ya está –le dijo, alejándola del Porsche.

–¡Es mía! –gritó Raoul desde el otro lado de la carretera–. ¡Mía!

–Voy a llevarla adonde tiene que estar.

Fue entonces cuando Gabriella se dio cuenta de que su hermano también estaba allí.

–Va a venir a México conmigo –protestó Raoul–. Es lo que acordé con Rodrigo.

–¿Estás bien? –volvió a preguntarle Chance–. He llamado a Nathan y van a detenerlo por intento de secuestro.

Ella lo miró a la cara por primera vez y vio que tenía un ojo morado.

–¿Qué te ha pasado?

–Tu hermano me dio un puñetazo porque te

181

hice llorar –le contó Chance sonriendo de medio lado.

–¡Vaya! –dijo ella, conteniendo las lágrimas.

–Quiero contarte mi versión –continuó él–. Entre Cara y yo no hay nada. Tenía un problema y necesitaba un hombro en el que llorar y algún consejo, nada más. Yo jamás te engañaría.

Gabriella sabía que era cierto, pero le gustó oírselo decir a Chance.

–Lo sé. Hablé con ella anoche y me explicó… su problema.

–¿Qué quieres hacer? –le preguntó Chance mientras a sus espaldas seguía la pelea–. Dime qué quieres, la respuesta es sí.

Chance le estaba preguntando qué quería. Ni siquiera Alex se lo había preguntado, estaba discutiendo con Raoul acerca de cuál de los dos debía llevársela.

–No quiero volver a ver a Raoul –le dijo ella.

–Hecho. ¡Joaquín!, que Raoul se marche.

–Sí –respondió el guardaespaldas.

–Espera –se apresuró a añadir Gabriella–. Me parece que tiene un arma en la guantera.

–Comprueba antes la guantera –volvió a gritar Chance por encima de su hombro.

Joaquín hizo lo que Chance le había pedido y sacó una pistola del coche. Fue entonces cuando Gabriella se dio cuenta de que detrás del coche de Raoul estaba el de su hermano. Y, por algún motivo, le alegró que este hubiese ido a buscarla con Chance.

–¿Por qué no subes al coche para que pueda quitarlo del medio de la carretera? No quiero estar en el camino de Raoul cuando se marche –le comentó Chance.

Ella asintió y subió a la ranchera. Alex volvió a su coche para moverlo también, pero Joaquín se quedó a un lado de la carretera, apuntando a Raoul con su propia pistola.

Chance se sentó detrás del volante y movió el coche hasta dejarlo aparcado en la cuneta.

El Porsche de Raoul pasó por su lado mientras este gritaba y hacía gestos con los brazos.

Cuando todo se hubo quedado en silencio, Gabriella miró por el espejo retrovisor y vio a Joaquín cruzando la carretera.

–¿Cómo ha sido? –le preguntó Chance a ella, alargando la mano, pero sin tomar la suya.

Ella no lo dudó, entrelazó los dedos con los de él.

–Joaquín me despertó y me hizo salir de la casa, cuando quise darme cuenta estaba en el coche de Raoul. Este me dijo que mi padre lo había llamado para que viniese a buscarme porque no estaba segura en Estados Unidos.

–Sí, eso es lo que tu padre me ha contado a mí.

–¿Por qué está aceptando Joaquín tus órdenes? Me ha traicionado.

–Creo que después de hacerlo se sintió muy mal, y luego tu padre lo despidió por haberte permitido pasar tiempo conmigo. Así que lo he contratado yo como jefe de seguridad de McDaniel Acres.

Gabriella sacudió la cabeza como si no pudiese creer lo que había oído.

–¿Has contratado a Joaquín?

–Aceptó el trabajo y me dijo hacia dónde había ido Raoul.

Ella entendió que Joaquín se había arrepentido y había intentado redimirse.

–Ahora –añadió Chance–, quiero que me digas qué quieres hacer.

Ella miró a su alrededor. Varios coches habían pasado por su lado. Joaquín todavía estaba fuera, delante del coche de Chance. Y Alex estaba en el suyo, detrás de ellos.

–Quiero hacer lo que me apetezca. Ir y venir sin que nadie me vigile ni me proteja. Quiero montar a caballo, trabajar el metal y ser feliz. Quiero ser libre.

Chance bajó la vista a sus manos unidas.

–Espera –le dijo, abriendo la puerta–. Joaquín, ¿te importa ir detrás, con Alex?

Este los miró un instante antes de asentir e ir hacia el coche de Alex. El coche de su hermano arrancó y volvió a la carretera, en dirección a Royal, Texas.

Ella esperó a estar a solas con Chance y entonces le preguntó:

–¿Qué quieres tú?

–Quiero conservar mis tierras. Quiero volver a casa y que haya una mujer en mi cama. Quiero tener hijos que aprendan a montar y a nadar en el arroyo –le dijo en voz baja–. Y me gustaría hacer todo eso contigo.

–¿Y vas a hacer que Joaquín me siga a todas partes? No quiero más guardaespaldas, Chance.

–No. Si quieres montar a caballo, o ir al pueblo a tomar un café, me parecerá bien. Si quieres que Joaquín te lleve, también me parecerá bien, pero si quieres que te acompañe yo, solo tendrás que pedírmelo. Ya conoces la respuesta.

«Sí». La respuesta sería sí.

–No quiero vivir en pecado –le advirtió ella–. Iré a misa todos los domingos.

Él sonrió de medio lado.

–Puedo tener a un sacerdote en el rancho mañana mismo.

Ella estudió su ojo morado.

–Tal vez deberíamos esperar un poco.

Aunque lo cierto era que no quería volver a casa de Alex.

Chance pareció leerle el pensamiento.

–Está mi hotel, que es muy grande. Y en esta época no hay casi nadie. Puedes alojarte en la habitación que quieras, todo el tiempo que quieras.

–¿Y Joaquín?

–Hay una habitación para él en la planta baja, donde podría controlar a todo el que sale y entra. Franny le hará la cena. Joaquín no me preocupa lo más mínimo.

A ella le pareció bien. No sabía si volvería a

ver a su padre, pero Joaquín siempre había sido como un padre para ella.

–¿Y podré poner mi taller en algún sitio?

–Haremos traer tu caballo y todas tus cosas. Lo que tú quieras –le aseguró Chance–. Gabriella del Toro, ¿quieres casarte conmigo?

Ella no pudo evitarlo:

–Ya conoces la respuesta.

–Sí –respondió él, dándole un beso–. Sí.

No te pierdas *EL regreso de Alex*,
de Charlene Sands,
el último libro de la serie
CATTLEMAN'S CLUB: DESAPARECIDO.
Aquí tienes un adelanto...

–Lo siento mucho, señor Del Toro, pero la señorita Windsor está muy ocupada en estos momentos. No puede recibirlo hoy.

Alex se quedó mirando a la asistenta de Cara, que en realidad no parecía sentirlo en absoluto. Tenía los hombros muy tensos y estaba sentada detrás de su escritorio, en las austeras instalaciones de Windsor Energy, cual mamá osa protegiendo a su cachorro.

Después de que su verdadera identidad hubiese salido a la luz, no era fácil encontrar personas que lo mirasen con gesto amable en Royal, Texas. El viejo Windsor debía de haber avisado a su personal de seguridad de que no lo dejasen entrar en el edificio, pero Alex pensó que ya se encargaría de él en otro momento. Aquel día había ido a por Cara, y no se marcharía de la empresa sin ella.

Miró hacia la puerta de su despacho. Estaba deseando verla. Tenía que hablar con ella.

Dedicó su mejor sonrisa a la asistenta, una mujer de mediana edad. De niño, en México, su encanto natural siempre lo había ayudado con los profesores y, años más tarde, con el sexo opuesto. No obstante, en aquellos instantes solo quería ver a Cara Windsor.

–Señorita Potter –insistió, viendo el nombre de esta en la placa de encima de la mesa–, parece usted una mujer razonable, y yo no tengo la intención de poner en peligro su puesto de trabajo, así que ¿por qué no le dice a la señorita Windsor que estoy aquí? No quiero hacer nada que la incomode, pero necesito verla hoy mismo.

No dejó de sonreír en ningún momento.

La señorita Potter dudó.

–Se supone que debía llamar a seguridad si aparecía por aquí.

–Pero no quiere hacerlo, ¿verdad?

–No, pero son órdenes del señor Windsor. Y todo el mundo sabe…

–¿El qué?

Ella bajó la vista al escritorio.

–Que le ha roto el corazón a Cara.

–Le aseguro que no le voy a hacer daño a Cara, así que, ¿por qué no fingimos que no me ha visto y que he entrado directamente a su despacho?

–¿Gayle? ¿Qué ocurre?

Alex oyó la voz de Cara y, de repente, se sintió mucho más tranquilo y se giró hacia ella.

Vio su precioso rostro y se rompió por dentro. Cara tenía una mano apoyada en el borde de la puerta y había sacado medio cuerpo. Las luces fluorescentes hacían brillar la melena rubia que caía sobre sus hombros. Alex recordó aquellos rizos acariciándole el rostro mientras hacían el amor.

Deseo

PERLAS DEL CORAZÓN

EMILY McKAY

Como heredera de una familia conocida por sus escándalos, Meg Lathem siempre había mantenido las distancias. Pero su hija necesitaba una operación quirúrgica urgente, de modo que debía tomar una decisión: pedir ayuda al infame padre de su hija, Grant Sheppard, o a su propia familia, los temidos Cain.

Grant tenía un motivo oculto cuando se acostó con Meg por primera vez: vengarse de su padre, Hollister Cain. Sin embargo,  ante la noticia de su inesperada paternidad y la enfermedad de su hija, descubrió que sus sentimientos por Meg iban más allá de una mera venganza.

*La heredera perdida volvió con
un secreto que lo cambió todo*

¡YA EN TU PUNTO DE VENTA!

Bianca

Amarte, respetarte… ¿y poseerte?

Cesare Sabatino no tenía intención de casarse, pero
siempre había pensado que
cualquier mujer le habría
dado un entusiasmado "sí,
quiero". Por eso, su sorpresa
fue mayúscula cuando Liz-
zie Whitaker lo rechazó.

Para poner sus manos en la
isla mediterránea que había
heredado de su madre, Ce-
sare debería casarse con la
inocente Lizzie… y asegu-
rarse un heredero. Afortuna-
damente, el formidable ita-
liano era famoso por sus
poderes de convicción. Con
Lizzie desesperada por sal-
var la hacienda familiar, solo
era una cuestión de tiempo
que se rindiese y descubrie-
se los muchos y placenteros
beneficios de llevar el anillo
del magnate en el dedo.

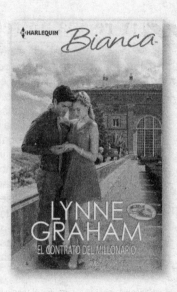

El contrato del millonario

Lynne Graham

Deseo

EL COLOR DE TUS OJOS

NATALIE ANDERSON

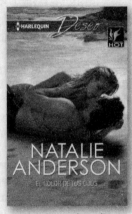

Tener una aventura con el guapísimo campeón de snowboard Jack Greene no encajaba en el comportamiento habitual de Kelsi. Pero su traviesa sonrisa le hizo tirar por la borda toda la prudencia... ¡además de la ropa!

Sin embargo, un embarazo inesperado la dejó fuera de combate. No podían hacer peor pareja. Jack adoraba vivir el presente, mientras que ella buscaba la estabilidad. Aunque era difícil mantener los pies en la tierra tras haber conocido al hombre capaz de poner su mundo cabeza abajo.

Medalla de oro en la nieve y en la cama

¡YA EN TU PUNTO DE VENTA!